Primo Levi

L'ALTRUI MESTIERE

他人的行当

[意] 普里莫 · 莱维 著
徐迟 译

中信出版集团 · 北京

目录

他人的行当　001

我的房子　005
蝴蝶　013
从天空传来的信息　019
甲虫　027
一瓶阳光　035
月亮与我们　043
创造新动物　049
跳蚤之跃　057
月亮上的青蛙　065
爱的组装玩具　073
看不见的世界　081
漫长的决斗　089
外祖父的店　099
人为什么要写作　105

枯骨与兰花 113
最好的货物 119
抄录员 127
“世界上最欢乐的生物” 135
化学家的印记 143
先知的神隐 151
稳定 / 不稳定 159
化学家的语言 I 167
化学家的语言 II 175
写满古怪数据的书 183
书写小说 191
弗朗索瓦 · 拉伯雷 199
琥珀之力 207
易怒的国际象棋手 215
伦佐之拳 221
对蜘蛛的恐惧 231

由蟋蟀主宰的小说 239
独守闺中 249
隐晦的作品 257
孩童的国际 267
重返学校 277
前化学家 285
石上的印记 291
抗拒痛苦 299
“卡斯特罗六号”上的三十小时 305
隐藏的棋手 315
仪式与笑声 323
对恐惧的需要 331
致一位年轻读者 339

他人的行当

如果一个人生活在紧密而拥挤的族群之中，如同过冬时的蜜蜂和绵羊那样，是有所裨益的，至少他可以更好地抵御寒冷与外界的侵袭。但那些生活在族群边缘，或者说，实际上已被孤立的人，也另有优势——他随时都可以离开族群，此外，对于眼下的风景，他的视线也更清晰。我的选择决定了我的宿命，让我远离麇集的人群；我的化学家生涯，如此悠长的化学家生涯，让我很难把自己看作一个真正舞文弄墨的人，然而要是做一个彻头彻尾的化学家，我又太容易为多姿多彩、悲惨或是奇异的景致分神。简而言之，我孑然一身地走在旅途上，沿着一条总是起风的路，到处抽吸着鼻子，如此便形成了本人颇为随性的个人修养：满是缺口裂缝，又半瓶水晃荡。但得以补偿的是，我钟情于以不同的、反向的角度去观察世界。可以这么说，我的测量工学是这样的：以文人的眼光检视技术，而以技师的眼光检视文学。

这部集子里的随笔是我［其中的大部分都已经发表于都灵的报刊《印》（*La Stampa*）上］作为一名好奇的业余爱好者，在十余年间的徘徊中所酿出的果实。它们是“对这个领域的入侵”，是对他人行当的侵犯，是在私人的猎区中偷猎，是对动物学、天文学和语言学无边际的疆土的突袭。我从未系统地学习过这些学科，但正因为这个理由，我对它们无法餍足又鲜有回报的热爱影响着我，不断诱惑着我，甚至激发了我偷窥狂、爱管闲事的本能。在另一些随笔中，我甚至胆敢在时事问题中站队，重读新老经典，或是探索连接自然世界与文明世界的纽带；我常常把脚步踩在连接（或应该连接）科学与文学世界的桥梁上，踏过一条于我而言非常荒谬的罅隙。有些人绞着双手把它称为深渊，却不去做任何填平它的尝试；也有好事者在做着拓宽它的事，就好像科学家和文人属于人类的两个亚种，相互不可理解，注定要忽视对方，不可能去互相滋养似的。这是一种反常的分裂，不仅是不必要的，更是有害的，要是不把它回溯到《圣经》中对于禁食某些果实的琐碎阐释上，那就是古老禁忌和反宗教改革所导致的结果。它不仅不关注恩培多克勒（Empedocles）、但丁（Dante）、列奥纳多·达·芬奇（Leonardo da Vinci）、伽利略（Galileo）、笛卡儿（Descartes）、歌德（Goethe）和爱因斯坦（Einstein），不关注哥特式教堂的无名建筑者和米开朗琪罗（Michelangelo），也同样不关注今天的能工巧匠，更别说在不可知边缘犹疑的物理学家们了。

有时候我会被人提问，为什么我身为一个化学家却要写作，有些人是出于好奇，有些人则是无理地反问。我希望这些随笔，以及它们的涉足范围之内保持的恰如其分的界限，能够澄清，在“这两种文化”之间并不存在不可比性；与之相反，若是有着宽阔眼界的话，它们之间偶尔是存在着共同的魅力的。除此之外，我希望我已经将这个我一直以来抱持的观念传达给了读者们：我们生活的这个时代充斥着问题和危险，但绝非是无趣的。

普里莫·莱维

1985 年 1 月 16 日

我的房子

我一直以来（除了数次并非自愿的暂离之外）都住在我出生的那间房子里，所以我的生活模式从来不是我自己选择的结果。我相信，我是定栖者之中一个极端的代表，几乎可与某种软体动物相比拟。比如说帽贝，在度过一段短暂的、在水中自由游弋的幼年期后，就把身体附着在一块海岩之上，藏匿起外壳，并准备于此度过它们的余生。这种情形更常发生在生于农村的人们身上，而对于像我这样生在城市的人来说，则无异是一种罕见的天命，却也有其独特的利与弊。也许，我要把这种静态的天命归结于对旅途永不餍足的爱，而且因为我出行的频率很高，它几乎成了我好几本书不变的主旋律。当然了，在翁贝托国王大街上住了六十六年之后，我已然无法想象在都灵的另一个角落生活意味着什么，更不要说生活在另一个国家或城市了。

我家房子最大的个性就是没有个性。它和在 19 世纪、20 世纪之交建起的其他准贵族房子很相似，刚巧赶在钢筋混凝土问世之前，仍用砖瓦筑成。要是把蕴藏在窗棂上的腰线间某些对于自由羞怯的回忆，以及面向楼梯的木门排除在外的话，这房子里就几乎没有什么装饰品了。它朴素无华，注重功能性，它难以用语言形容，但异常牢固，这点已在“二战”中得到了验证。经历了重重炮火之后，只有它的窗框上留下了一些轻微的伤痕，还有一些擦伤，就仿佛一个老兵保留着旧伤口留下的疤痕那样让它骄傲。它没有野心，只是一个供生活的场所，生活必需品应有尽有，却几乎没有华而不实的东西。

我和这所房子，和我住的这间公寓有着一种不易觉察却又深切的关系，就好像是同一个人一起生活了很久那样。要是它被拆除，我因此搬入一所更加漂亮、更加舒适与现代的房子里的话，我一定会痛苦得像一个流亡者，或是像一株被移植到它无法适应的泥土里的植物。我在某处读到过一种记忆之术，那是一种练习、增强记忆的技巧（它由过去的学者所创造，而现今已经被愚蠢地禁止了）：谁要是想记住一个有着三四十个或是更多名字的名单，甚至想把它们倒背如流，好在朋友面前出出风头的话，就得在每个名字之间都建立一条精神链（换而言之，无论什么方式的联系都可以），再把它们按照自己房间角落的顺序来排列，比如说，从前门的右边那个角落开始，直到抵达每一个角落。之后，只要在脑海里把这条路线走一遍，就能够重现最初的那个名单了；要是把这条路线倒行一遍的话，就连颠倒着背也没有问题了。

我自己从来没有尝试过去实践这种记忆术，但我并不怀疑它的可行性。然而，它在我这儿可能行不通，因为在我的记忆里，我房子的每一个角落都被占据了，而最原始的记忆，也很可能被这记忆术的原理所带来的偶然的、虚构的记忆所干扰了。前门右边的那个角落，在五十年前支着一个雨伞架，雨天的时候，上面会放着我的父亲下班回家时撑着的那把还滴着水滴的雨伞，而晴天的时候则靠着他的拐杖。有二十年之久，那儿一直挂着我叔叔科拉多的一只马蹄铁（那个年代，你还能够在翁贝托国王大街上找到马蹄铁），一道让人难以确定是否已经完全发挥出它护佑魔力的护身符；在另二十年里，那儿则用钉子串着一把巨大的钥匙，每个人都以为是别人不小心遗失的，却又没人敢把它扔掉。而核桃木衣橱和墙壁形成的另一个角落，成了我们玩捉迷藏时大家都觊觎的宝地。在某个久远得如同渐新世的周日，我就藏在那儿，跪在了一片碎玻璃上,以至于今天我的左膝上仍留有疤痕。三十年之后，我的女儿也藏在那儿，不过她的笑声很快就让她暴露了；又过了八年，我的儿子也藏在那里，彼时他正在和一群朋友玩捉迷藏，其中一个还在这个特别之地掉了一颗乳牙，并出于某些神秘而奇妙的缘由把它挤进了石膏墙上的一个洞里，现在它很可能还保留在那个地方。

沿着右手方向的那条路继续走，你将看到一扇房间的门。这个房间能够看到庭院，而几十年来它的角色一直在变幻。在我最久远的记忆中，它曾是一间“上佳”的会客室，是我母亲每年两三次用来招待重要客人的地方。其后的几年里，里面住着一位极称职的住家女仆。再后来，它变成了我父亲的办公室，直到战争打响，它又被用来充当那些房子被炮火摧毁的亲戚朋友们的营地和宿舍。战后（一同终止的还有法西斯分子暴力统治下的房屋征用），我的两个孩子相继在这个房间里生活、玩耍过；为了照料生病的孩子们，我的妻子也在那儿度过不少夜晚；但我以工厂的工作当作钢铁般的挡箭牌，从没这么做过，当然了，这同样也出于所有丈夫奥林匹亚般的自私。而眼下，它是一间有着多重功能的实验室，是冲印照片，缝纫机运转和摆弄玩具的地方。这样的改头换面也同样发生在所有其他的房间里。就在方才，略带些不适地，我才意识到我最喜欢的扶手椅所占据的那块区域，根据家里长辈的说法，是我降生的地方。

我的房子地段不错，离市中心不远，却又闹中取静。虽然汽车像压缩过的气体般充满了每一个管道，这样的风潮现在也刮到了我们这里，但车位难找也就是近几个月来的事情。这里的墙壁很厚实，从街上传来的噪声被它隔挡住了。而过去，则完全是另一个模样，城区向南走几百米就到了头。人们穿过草坪，“去看火车”，在萨帕塔线的壕沟系统挖完之前，它还是水平地在地面上行驶的。郊区的马路要到 1935 年才浇上了沥青；在那之前，它们都是用鹅卵石铺的。清晨，我们总会被城郊来的铺路车吵醒：铁皮倾轧在鹅卵石上发出的喀啦声，绳索开裂的声音，还有司机的叫嚷声。一天之中的其他时刻，同样的声响会从街上升起：玻璃工、杂耍人、船工，还有收购“梳理整齐的头发”的商贩的吆喝声，我先前提到过的那个女仆，每隔一段时间就会卖掉她那一头灰白色的长发。偶尔，会有乞丐在街上唱歌，或是演奏手摇风琴，我们也会往他们的纸盘子里丢些硬币。

尽管经历了如此的转变，但我住的这间屋子却始终维持着它默默无闻、不引人注目的样子；或者说，至少对我们这些住在里面的人而言，它是这样的。不过，众所周知，我们每一个人在评断与自己息息相关的事物的时候都是有所偏颇的，包括我们自己的性格、品德与恶习，甚至是声音和外貌都是如此，也许在他人的眼里，它反倒凸显出我们这一家强烈地想要分开居住的愿望呢。当然了，就我的感受而言，这间房子提供给我们的这些最基础的功用：空间、温暖、舒适、安静与隐秘性，已然让我十分满足，不再有什么奢求了。我甚至也从未刻意地为它烙上我自己的印记，也没有尝试着去同化它，点缀它，丰富它，或是重新定义它。于我而言，要去厘清与它之间的关系并不容易，或许它之于我，就像一只猫咪。我既乐于享受有猫相伴的日子，要是它不在我身边，我亦能够好好地生活下去；甚至是在极不舒服的住宿环境下也是如此，这我毕竟已经历过不少了，还有，每次住旅馆也要囊括在内。我不认为我的写作风格和我写作、生活的环境有何关联，我也不觉得它在我的作品中有任何方式的展现。所以，比起常人，我一定更不容易被周遭环境所影响与触动；对于它所给予、蕴藏或是削减的荣耀更是全然不敏感。我居住在我的房子里，就如同我栖息在我的皮肤里。虽然我见过更美丽、更丰腴、更强健、更如同画卷的躯体，但要是与之交换的话，我总觉得是不自然的。

蝴蝶

这栋曾是都灵施洗者约翰中心医院，而现下（1981 年）正在被改造的建筑，并不是个让人愉快的地方。它古旧的墙垣与极高的拱顶似乎浸透了几代人的苦痛，侧守在阶梯两侧的捐助者的半身像，则以它们失焦的木乃伊眼睛瞪视着访客。而要是有人经过两间中央主殿之间的十字形袖廊，看见在那儿从地区自然博物馆送来的琳琅满目的蝴蝶展品，他的胸膛就会不禁因此鼓胀，好像又重新感受了一次学生时代特有的、转瞬即逝却又令人欢欣不已的春秋游一般。从这些精美绝伦的展品中所获得的，确实相当于一顿精神盛宴；当你心满意足地离它们远去时，却又感到比之前更加饥饿了。

如果一个善于猜想的、专精于鸟类与哺乳动物却又同时对昆虫毫无所知的动物学家被告知：有那么一种具有成百上千彼此迥异的物种的生物，以葡萄糖及氨的原始衍生物为自己编织出了一副甲胄，而在它们成长的过程中，这些小家伙们又必须要“挣脱出它们的外壳”，换而言之，要摆脱这副无法延展的盔甲，弃它们不用，然后重换上一件新的、更宽大的外衣。在它们短暂的生命之中，它们改变着自己的外形，呈现出比鲤鱼和野兔丰富得多的身姿；它们奔跑、飞翔、跳跃、游泳，几乎已经能够适应任何一个星球上的环境。在它们那仅有一毫米的大脑里，储藏着织工、陶艺家、投毒犯、诱捕者和乳母的技艺。它们能以任何有机物质为食，甚至包括人工合成的那些。它们其中的一些生活在非常复杂的社群之中，它们实践着觅食、控制生育、屠杀、结交盟友、战争，投身于农业和饲育家畜。好吧，这位半信半疑的生物学家可能要拒绝相信这一切了。他或许要说，这种昆虫的模型出自科幻小说，要是它们真正存在的话，很可能成为人类可怕的竞争者，早晚有一天会把人类征服。

在昆虫的世界里，蝴蝶有着得天独厚的特权：所有参观蝴蝶展的人都会意识到，所有双翅目与膜翅目昆虫的类似展览，即便是具有同等科学效力，都不如它那般成功。为什么？因为蝴蝶是美丽的，但又不仅仅如此而已。

它们为何美丽？当然不是为了取悦人类，诚如达尔文的对手宣称的：蝴蝶在人类诞生之前已至少存在了一百万年之久。我相信我们人类所特有的、对美丽的概念，必定是相对的、基于人文的，是日复一日对它们的效仿，正如效仿星辰、山岳与海洋一样。最好的佐证莫过于，我们把一只蝴蝶的脑袋放到显微镜下之后所发生的事情：在极大倍数的镜头下，对它的青睐会被惊惧或是憎恶所代替。出于人文上的抵触，我们会觉得显微镜下的这件新事物如此令人不安：它们那没有瞳孔的巨大眼睛，号角般的触角，还有畸形的、水壶般的口器，对我们来说像是一张恶魔的面具，或是一张失真的、拙劣模仿出的人类面孔。

在我们的文明之中（并非所有文明皆是如此），鲜明的色彩和对称性被认为是“美丽”的，所以，蝴蝶是美丽的。甚至，蝴蝶可以说是一间真正的色彩工坊：它把自己吸收的养分甚至是排泄物转变为艳丽的颜料。不仅如此，它还懂得如何用纯粹的物理方式让自己拥有一种优美的、泛出金属光泽的虹彩——这仅仅是利用了我们在肥皂泡和漂浮于水面的油渍上观察到的光的干涉现象。

但蝴蝶的魅力并非只来自其色彩与对称性，还有其他更深层的原因。要是它们无法飞翔；或是要是它们飞得如同蜜蜂那样迅捷而笔直，又会以刺螫人的话；又或者，要是它们根本没有上演前面所提到的那一出障人眼目的变形，而后者在我们的眼中又只被假设成一种不完全的解码，一种象征与印记的话，或许我们就不再会认为它们如此美丽了。而像葛查诺(Gozzano,“一位蝶蛹之友”)这样的诗人倾尽心力地研究、热爱着蝴蝶并无奇怪之处。奇怪的是，钟爱它们的诗人竟然寥寥无几，即便它们从毛虫化蛹，再破茧成蝶的过程为它们映射出了一道如此发人深省而悠长的影子。

谈到我们对于美的准绳，譬如蝴蝶是美丽的代名词，而毛虫（“违约之虫”,但丁这般称呼它们）代表了丑陋——笨拙、迟缓、呆板、贪吃、多毛而愚钝，它们相应地成了一种象征，一种未经雕琢、未完成、未达完美的象征。

参展的两部纪录片以摄影机的惊人视角向我们展现了人类的双眼极少能够见到的画面：那悬在半空中的临时陵墓般蝶茧中的毛虫，是如何变成惰懒的蛹，又是如何让它完美的蝶之身姿重见天日的——那双翅膀虽然依旧无力而惫懒，像张易皱的纸巾，而顷刻它们就变得有力，得以舒展开来，在空中得到新生。这是它们的第二次出生,却同时亦是一种死亡：展翼飞天的是精神，是灵魂，而仍在地上的开裂的茧是它残留的肉身。在我们意识的更深处，无止息飞翔着的蝴蝶是小精灵、小仙子，有时候甚至是女巫。

它奇怪的英语名字，Butterfly，黄油飞虫，让人想起了一种古老的北欧说法，即蝴蝶是偷窃黄油和牛奶，或是使它们变酸的小精灵。基多·葛查诺在菲丽琪卡小姐的别墅里遇见了赭带鬼脸天蛾，这种胸前有着骷髅图案的夜行的蛾子，则是一种被诅咒的、“带来悲伤”的魂灵。而那些小仙女们深得人心的典型形象，也都是长着一双透明的、脉络分明的蝴蝶翅膀，而非鸟类那种长着羽毛的双翼。

赫尔曼·黑塞（Hermann Hesse）在他日记的最后一页中所记载的那场蝴蝶的隐秘探访，是一条充满矛盾的福音，暗藏着安详的死亡预兆。这位年迈的作家、思想家在他提契诺的隐居所里看见空中飞行着一只“晦暗、沉静而幽灵般的物体”，那是一种罕见的蝴蝶，一只泛棕的紫色蛱蝶，飞落在他的手中。“伴着呼吸宁静的节奏，这只尤物缓缓地张开，阖上又张开它天鹅绒般的翅膀，以它六条发丝般的脚依附在我的手背上。片刻之后它便消失在极为温暖的光芒之中，而我并没有留意它的离去。”

从天空传来的信息

伊曼努尔·康德（Immanuel Kant）认可造物的两大奇迹：他头顶上的星空和他心里的道德准则。我对道德准则这一点有所质疑，它是否存在于每一个人的心中？我们真的能够认同，它真的是与生俱来的，并伴随着每一个生命的发展而成熟，因为它的腐朽而消亡吗？我们的疑惑与时俱增。面对折磨着我们国家的政治腐败，还有诸国间疯狂的核武器竞赛，让人无法不去质疑，在道德准则之上，某种与之相反的原理占了上风，只有赞成它的人才能获得权力。而我们无论何时何地都认为是独一无二的道德准则，作为所有文明的共同之处，根本毫无用场；我们丝毫感觉不到它的激励。

然而，繁星密布的天空就在每个人的头顶上。就算它因烟尘而黯淡，因重重屋顶而狭窄，甚至被电视天线所遮挡，即便是我们住在城市里的人无法经常见到它，它仍旧是存在的。说到这儿，顺便一提，有个念头一直困扰着我：这些提供给电视节目的讯号与无线电波不同，并非是从高处向下传送的，它们与我们的地面空间相距很远，也不为我们所私有。可见的光源与它有类似之处，比如城市夜间的灯光，但是它所包含的信息太稀薄了，而电视讯号所囊括的内容则非常丰富，它能够穿透电离层进入宇宙空间。地球在这样的波长下，是“明亮的”、喧嚣的，装备齐全敏锐的外星探测者要是对我们人类感兴趣的话，能够借此更加了解我们的政府危机，我们的清洁剂、开胃酒和婴儿尿布。透过这一切，他或许能够获得一幅我们生活的新奇图景。

让我们回到朗朗星空上来。当我们远离扰人的灯光，在某座天文台遥望沉静的夜空时，它依旧鲜有变化，它的魅力是永不变迁的。“大熊座的美丽星星”蕴藏着莱奥帕尔迪（Leopardi）的平静，仙后座的“W”字，天鹅座的交叉，硕大的猎户座三角的侧边分别是北冕的皇冠和萨福（Sappho）所钟爱的昴星，亘古不变。从孩提时代我们便认得它们，而它们也将伴随我们的一生。这便是承载着“不动星辰”的天空，永不变迁，永不腐坏，是我们尘世的对手，是高尚完璧的永恒之世，怀拥、庇荫了低贱变幻的须臾之世。

不，我们不能够再以这种天真、老式的眼光来观察这些星辰了。对于今时今日的人们来说，天空已不再是一成不变的了。我们已经能够使用射电望远镜来探索它，并且可以借助轨道仪器来探测大气截获的辐射。现今，我们已经知道，我们肉眼或是借助仪器所能看到的星辰只是极少的一部分，而天空正在被无数崭新的、出人意料的物体飞速占据。

一百年前的宇宙纯粹属于“视觉”，并无神秘之处，且它一度被认为将会发展得越来越缓慢。它显得友善而温驯：每颗恒星都像是我们的太阳那样，或大些或小些，或暖些或凉些，但它们却并不互为异类。有些恒星或许有些焦躁不安，抑或会有些新的恒星出现，但这一切都让人趋于相信，宇宙的构造处处都是相同的。分光镜带来了令人欣慰的消息：没有什么可怕的，恒星的内部是由氢、氦、镁、钠和铁所构成的，就是我们土生土长的化学家手边的原材料。

也很有可能，每一颗像太阳这样的恒星都有一众行星随从。一些天文学家［首先就是卡米伊 · 弗拉马利翁（Camille Flammarion），热情不倦的天文知识科普人］断言，它的周围一定有别的行星环绕，否则它就没有存在的理由。确实，每一颗行星，包括我们太阳系中的那些，一定蕴藏着生命，或曾经有生命的痕迹，或在将来注定会诞生生命：观测者的镜头已经捕捉到了月亮上的水蒸气和转瞬即逝的光线，而在火星上纵横的运河太过规律、太过几何化了，不像是天工的作物。这个只有我们这些不完美者所居住的宇宙，本可能只是一台硕大而无用的仪器。

而如今，悬挂在我们头顶上的天空不再温驯。它变得更错综复杂、更不可捉摸、更寂静而又更陌生。它的神秘在递增，而非缩减。每次探索，每次解开旧的问题的同时，又产生了无数新的问题。哥白尼和伽利略推翻了地心说：这不过是一个位置的转变，却使许多人感觉被遗弃、被侮辱了。而今我们意识到，宇宙巧匠的想象力与我们的不同，是不存在界限的，正因为它没有界限，我们的震惊也不再有界限。我们根本不是寰宇的中心，而只是宇宙的异客罢了。宇宙之于我们是陌生的，我们之于宇宙也同样陌生。

一代代的诗人和喜爱星辰的人们都以相似的方式遥望星空，就如同望着亲密者的脸庞。它们是友善的象征，给人慰藉，是命运的代言，无时无刻不出现在通俗与高雅的诗歌里。但丁就以“星星”这个词结束了他诗歌的每一个篇章，地狱篇、炼狱篇、天堂篇都是如此。而如今的星星，不论是可见的，还是不可见的，已经在性质上有所改变。它们是一个个核反应堆。它们向我们传达的并非静谧，也非诗意，而是沉重的、令人不安的讯息，只有一部分该领域的先驱才能解读，充满争议而又陌生。

星辰怪兽的出生率以无法计量的速度增长着，我们的日常语言于此失去了效用，无法去描述它。有些星星很“小”，密度却大得惊人，一秒内可自转数十次，倏地进入宇宙空间，成为一段永生永世没有终点也没有意义的无线电干扰。另一些星星放射出比我们整个星系都更强烈的能量，向我们显现出的却仍旧是它们最原初的模样。还有些星星不比一杯茶更温热。说到总被人提起的黑洞，与其说是观察，倒不如说是推测——它或许是吞噬星星的坟墓，它的重力场据称大到可以吞噬一切，连辐射都无法从中散逸。

能够从这含糊的纠葛之中提炼出和谐，有能力将它与我们的传统文明以及我们弱小的五感在这陆生生活中所形成的经验相兼容、互通与类比的科学诗人还没有出生，或许永远也不会出生。从天空而来的讯息是对我们理性的一种挑战。

这是一场我们必须接受的挑战。作为有能力思考的微尘，这将是我们的荣光。或许天空不再是我们文学遗产的一部分，但它将是，实际上也已然是我们思维极为重要的滋养源泉。我们的头脑在宇宙中是否仍旧是独一无二的，现在我们依然不清楚，也许之后亦不会知道，但是我们已经知道，它比一颗恒星或是一颗行星更加复杂，更加难以描述。让我们不要拒绝这种滋养，也不要屈服于未知的恐惧。或许将会有星星的学徒为我们解答，那些我们从未听说过，或是被先知和哲学家叙述得很糟糕的问题：我们是谁，我们从哪里来，我们又要去哪里。

人类的未来是未知的，哪怕在最发达的城市里，生活的品质都在衰退。但我相信，对于无限大与无限小的探索能够在这个世纪、这个千年结束之时完成。掌握了这个物理世界之中如此微小的一部分知识，或许让这个时代不再被视作对纯粹的原始荒蛮的再度回归。

甲虫

据说，在英国著名的生物学家J. B. S. 霍尔丹（J. B. S. Haldane）还是一位不可动摇的马克思主义者的时候（直到李森科主义的丑闻被披露之后他才稍稍动摇），有一名牧师曾经询问过他对于上帝的看法，他答道："他对甲虫的热爱超乎寻常。"我想霍尔丹虽然使用的是"beetles"（甲虫）这个日常通用语，但实际上指的是鞘翅目昆虫，而且，他说的这话也是不争的事实。因为，这个我们仍一知半解的"样本"，即便只算作种类繁多的昆虫下的一支，单单是已被官方记载的就有至少三十五万个物种，更遑论不断被发现的新物种了。鉴于仍有许多地理区域与自然环境未被专家勘探过，据推算，当今鞘翅目下约有一百五十万个物种。然而，骄傲地自诩为造物者恩宠的哺乳类动物的我们，物种数量却没有超过五千个；尽管也许仍有新物种会被发现，可在此之前已经有更多的物种灭绝了。

然而，探寻新的鞘翅目昆虫的过程看上去却并不是那么有新意，因为新物种的出现"只不过"是由于它们前翅的功用略有变化而已。它们的翅膀退化了，取而代之的是角质化、坚硬的鞘翅，仅仅用来保护它们的精巧的膜状后翅。如果你观察过金龟子或是瓢虫展翅预备飞翔时那细致的仪式，与苍蝇那样闪电般忽而飞起的方式一比较，你就会注意到，大多数鞘翅目昆虫并非以一种逃避追捕的方式起飞，而是用一种对于昆虫而言如同追索一趟长途旅行的方式——有点儿像是我们之中的某一个要搭乘飞机出行的人，要购买机票，穿过检票处，最后还要忍受在机场中漫长的等待。金龟子轻轻地张开它的翅鞘，演练着它的翅膀，最后终于展开双翼，斜斜地提起它的翅鞘向空中飞去，既不轻灵也不迅捷，这就好像某人必须要为他装备的坚固胸甲付出高昂的代价。

鞘翅目昆虫的甲壳结构令人赞叹，但遗憾的是，我们只能在自然历史博物馆的橱窗前赞叹它。它是自然工程学的杰作，让人想起浑身覆盖着铁甲的中世骑士。它天衣无缝，尽管未被焊接，但头部、颈项、胸部与腹部形成一个拱形；它刀枪不入，纤细的触角可以缩回甲槽中，甚至连腿关节都有凸缘保护，让人想起《伊利亚特》中的胫甲。一只甲虫缓慢而有力地把草向前推开，和一架引人注目的坦克倒有些相似之处，不禁让人立马想到这样的比喻：甲虫是微型的坦克，而坦克则是巨型的甲虫。此外，甲虫的背部如同纹章，无论是微凸或是平坦，不透明或是泛着微光，都是一枚高贵的盾徽，虽然这和背负着它的甲虫的行当，即躲避捕食者、繁衍、进食的行为来说并没有什么象征性的联系。

上帝对甲虫的热爱驱使他将想象的力量发挥得淋漓尽致。不论是有机物质、活物、死物或是已腐烂的东西，在鞘翅目中都不乏青睐者。它们大都杂食，而另一些则以单一的动物或植物维持生命。有一部分只吃蜗牛的甲虫，把它们自己变成了一件符合这个形象的工具——它们成了活着的注射器。它们的腹部很丰满，而头和胸部则修长而尖利。它们把自己深深刺入猎物柔软的身体中，注入消化液，等到组织溶解后再把猎物吸干。

极美的金花金龟或者说玫瑰金龟子（它是诗人葛查诺的最爱，“垂死的金花金龟翻倒在地”，这是以意大利语谱写下的最美的诗行之一）只以玫瑰为食。而就算是只以牛粪为食的圣甲虫也同样美丽。雄性圣甲虫把牛粪滚成小球，并用它的后跗抱住粪球，就像是夹在两条枢轴之中一样。然后它开启倒挡，不断滚动粪球，直到找到一块适宜的地形埋下它。而与此同时，雌性则将一粒卵产在上面，储藏好。幼虫就以它高瞻远瞩的父母殚精竭虑地贮藏的这东西（从现在起它已不再低贱）为口粮，等到蜕完皮，一只新的圣甲虫就将从墓穴中出现。当然了，一些古人会认为，这只圣甲虫与先前的是同一只，它与凤凰一样能够死而复生。

其他的甲虫也出没在缓慢或静止的水中。它们是一流的泳者：有一些，没人知道为什么，在狭窄的水涡或是复杂的螺旋中游泳，而另一些则目标明确地追捕着可见的猎物。然而，它们之中却没有任何一个丧失了飞翔的本能，不过飞翔这件事通常只发生在它们所栖息的池塘干涸了，而它们又不得不寻觅新的水体的时候。它们甚至可以因此飞得很远。有一次，在夜晚月光的照耀下沿着公路驾驶的时候，我听见从我的车顶和车窗传来了仿佛被冰雹轰炸的声响，那是一群龙虱，闪闪发亮，棕色的外壳镶着橙边，有半颗坚果那么大，它们把路上的沥青误认成了河流，徒劳地尝试着进入。从水动力学的角度来说，这些甲虫的形体所达到的简洁质朴，在动物王国中堪称独一无二：以鸟瞰的角度来观察的话，它们就像是完美的椭圆，只不过伸出了几条桨一般的腿而已。

同样，在躲避天敌和危险这方面，这些虫子们“绞尽了脑汁”。有些外来品种，像一颗蚕豆那般大，被赋予了无比强大的肌肉力量。要是把它笼在手里，它会使尽力气从指缝中钻出去；如果被蟾蜍吞食（只是误食，因为蟾蜍会把它们在水平移动时所有看见的小东西都吞进肚子里），它并不会使用被巨鲸咽下的约拿所用的策略，也不会去做匹诺曹和杰佩托在鲨鱼肚子里所做的事，它只会简单地让自己的前腿像推土机那样，挖穿捕食者的身体逃跑。

另一种奇特的脱逃术来自磕头虫，这些优雅的本土物种有着细长的身体。要是被抓住，或是被什么所干扰的话，它就会缩起它的腿和触角装死，而过个一两分钟之后，伴随着一声清脆的咔嗒声，这小虫又忽地蹦了起来。这种使捕食者分心的跳跃并非与它的腿有关，而是一种新奇的张力与声响的交互作用：在假死的状态下，它的胸部和腹部并非是对齐的，而是形成了一个角度，当它一跃而起，挺直身子并发出咔嗒声的时候，它已经逃之夭夭了。

萤火虫发出的幽幽荧光（它们也属鞘翅目）并不是用来抵御天敌，而是用来促进相互配对的。这对于非水生动物来说，也是一种绝无仅有的创新。不过也有一种特殊的萤火虫，这个物种的雌虫通过模仿另一种雌虫的光亮来吸引那一属的雄虫，但等到雄虫们一靠近就把它们吞进肚子里。

这些逸事引发的一系列不同的反应，比如惊叹、好奇、赞赏、恐惧或是欢笑，对我来说，都是出自我们对于异类生物、外来生物的优越感。因为这些飞行的堡垒，这些怪异的微小仪器的行为本能在百万年前就已被设定好了，而且它们和我们丝毫关联都没有，就连解决生存问题的方法也与我们截然不同。从某种程度上来说，或仅仅是从象征意义上来说，我们人类认同蚂蚁与蜜蜂的社会结构，蜘蛛的辛勤以及蝴蝶的舞姿，却和甲虫没什么共同点，就连我们父母的哺育也都是相异的。因为在鞘翅目昆虫中，母亲鲜有在死前见到她的后代的可能（父亲就更不可能了）。它们是异类，是异种，是怪物。卡夫卡在那个推销员格里高尔的故事中所描述的恢恑憰怪的幻觉也不是出于随意的挑选，“从一个烦躁不安的梦中醒来”，他发现自己变成了一只巨大的甲虫，他变得如此不像人类，以至于没有一个家庭成员能够容忍他的存在。

然而，这些与我们不同的小东西却展示出对不同气候惊人的适应能力，它们能在所有生态环境中繁衍，把任何东西作为食物，有些甚至能够刺穿铅与锡纸。它们所配备的甲胄足以抵御碰撞、挤压、化学物质和辐射。有些甚至能够把巢穴挖到地底下几米那么深。在核灾难之下它们可能成为人类继任者的最佳人选（不过那些吃粪便的蜣螂可能不行，因为它们再也没有食物可以吃了）。

总的来说，它们的技术虽然精巧，却是基础的、出于本能的。在这个星球归属于它们千百万年之后，会有一种被上帝特别宠爱的甲虫出现，它通过一系列的计算之后，发现在一张纸上用火的语言写着：能量等于质量乘以光速的平方。这些世界的新国王们将在宁静中生活很久，不过仅仅局限于互相吞蚀，在自给自足的小世界里成为彼此的寄生虫。

一瓶阳光

去定义什么是人类根本不是一件闲事。要是只把范围局限于地球上现存的人类，那它的概念不存在歧义。但随着各式“化石人”的出土，各种各样日益加深的疑惑也随之浮出水面：他们进化到了哪一个阶段，或者说，到达了哪一种文明程度？他们是否配得上“智人”这个标签？我们的祖先第一次直立行走是在什么时候？他们是从什么时候开始说话（不幸的是，证明这点的实物证据实在匮乏，也将会一直匮乏下去）？他们是在什么时候学会生火？又是什么时候，他们创造出了“婚姻、法庭和祭坛”？正如我们所见，问题的范围非常广阔，随机性也相当强，所以我要大胆地去做出一个更进一步的假设，即只有人类会制造容器。从定义来看，凡不能够制造容器的物种，就不能称之为人类。简而言之，制造容器在我看来，不论是好是坏，都证明了两种特属于人类的精细品质。

第一种是考虑将来的能力。当然了，也有别的动物“对明天的事不鲁莽”，比如蚂蚁、蜜蜂、松鼠和一些鸟类。且其中也不乏会制作容器的：特别是蜜蜂，能够以它令人赞叹的技巧和极为简易的材料筑起蜂巢，然而它们只会搭建那种六边形的小小蜂房。而且尽管它的样式已经存在了至少上百万年，如今却依旧保持着上古时代的模样，而我们，在短短几千年里就已经发明出了无数种不同的物件。第二种只属于人类的特质就是能够预见事物发展的才能。若是要紧扣着容器这个主题的话，也就是说，我们知道如何预见容器，以及内容物“将会如何”，就在它们互相接触的那个瞬间，我们就会知道它们对彼此会做何反应。

这两种需要衍生出了无边无际的各式物件，每一种都被赋予了其独有的功用。而且正是因此，容器的品种（木桶、樽、小瓶、包、行李箱、篮子、麻袋、水桶、墨水瓶、罐子、羊皮酒袋、筒子、盒子、碗、条板箱、用来装放射性元素的铅胶囊、笼子、鼻烟壶、垃圾箱、装火药的长颈瓶、放茄膏的罐子、信箱、天鹅绒作为衬里的珠宝盒、剑鞘、圣体容器、蜡烛盒子、送气管、比大教堂还大的煤气罐、婴儿床、骨灰瓮，还有灵柩）如此多样且各异，让人想要去为它们细分种类，就如同人们常常尝试着为动物、植物和石头分类一样。

像花瓶、双耳罐、细颈瓶这样的容器，能让内容物迅速获得完美的姿态，其中的物质却不曾改变。这些问题（如何在不添加任何外在气味和香料的情况下保存一种液体；如何在外力的帮助下保持直立；如何倾析液体而避免侧漏）长久以来只有这么一个解决方案。而现在，随着工业文明的进步，各种各样的新问题又接踵而至：一方面，性质更珍稀的、更不稳定的新物质不断出现；另一方面，更耐久、更轻巧也更经济的容器材料也相继问世。

厨房，最古老也是最原始的作坊，也没有经受住科技革新的颠覆。小说家涅沃笔下的铜制器皿，弗拉塔城厨房的骄傲已然消失，取而代之的是成本更低的铝制品，还有更加耐用又不会留下凹痕的不锈钢器具。我们只能在古玩商和收购废品的人那里见到它们的身影，但已经没有人再需要它们了，连作为装饰品都无人问津，更别说是什么身份的象征了。如今，即便是在最简朴的的厨房里，也至少能找到上百种容器，少说也能分成二十个不同的种类。

如果把范围局限在我们化学家所说的“处理容器”（指的是能够烹煮煎炸食物，而并不只是放置它们的容器）之内的话，那么根据其功用及大小来进行初步的分类是必须的：平底锅是用来分离挥发性产物的；汤锅或者砂锅则是用来避免“消耗”过多的水分的；用高压锅来烹饪的话，则什么都不会流失，哪怕一点点香味都不会。至于说到“盛放容器”，狐狸与鹳的故事至今仍让人津津乐道，写出这个故事的伊索真是个天才。

这些家常用具的形状由于沿用至今，构造大都非常合理，但在一种更加细致的检验之下，它们不合理，更确切地说，不再合理的典型性元素被偶然地揭露了出来。比如有种锅，有着细长的、倒转过来的半锥体锅身，却又配备了一个毫无用场的壶嘴，虽然它是被设计来引流的，但实际上没有人这么做，不论是水也好、黏稠的液体也好（更别说颗粒状的固体，比如豌豆），都没有人真正把它们从壶嘴里倒出来。

我有一个多才多艺的朋友，多年以来在一家工厂担任经理，这家工厂生产包括咖啡壶在内的许多东西。他勤奋地研究着咖啡流出的曲线，并为该厂生产的咖啡壶的喙嘴设计出了一种和传统的咖啡壶完全不同的、精密而弯曲的轮廓。他制作出了样本，并且证明了，使用这种新式壶嘴能让咖啡倒得更好、更快且更不容易倾洒出去。他毫不犹豫地改变了该壶的铸型并将其投入生产，结果却惨不忍睹。消费者们拒绝了这种新的样式：喙嘴就应该有喙嘴的样子，如同迈锡尼式的罐子那样。

一件容器的特色不仅仅由它的外形而决定，也同样取决于它的外壁由何种材料所制成。自然，它必须是不透水的，这样液体或是气体才能如愿地被贮于其中，但这些还不够，它必须完成它的使命。比如说，玻璃瓶在储存红酒的同时，又能让光线穿过。或者说，为了让热量无法进入或逸出容器，水壶外面才裹上了一层毡毛。再或者，那更优雅却更易碎的，杜瓦博士发明的用银包裹住双层玻璃内胆的真空杜瓦瓶，本来是设计来装液氦的,而现在也广泛地应用于野餐中。又抑或，为了要在保存固态的内容物的同时析出液态内容物，我们才广泛地运用了经过逆渗透脱盐处理之后的多孔蜡所形成的半透膜的各种各样的变种，来给水、纸张、帆布过滤器、捕蚊网及渔网，甚至战场上或是监狱外那带刺的钢丝消毒。

至于选择外壁这件事，单我们房间的窗口就包含了一个微小却又精细的外壁系统。普通的玻璃允许影像通过，却把空气与外界的温度挡在外面，而百叶帘让空气进入，又阻隔了光线；固定的百叶窗则把两者都拦截在外；窗帘的话，能让一部分的光与空气进入，却遮住了外界的影像；除了空气，磨砂玻璃把影像也一并排除在外了；还有窗口外的格栅，能让光、空气、影像进入，甚至能让猫进出，让手通过，但人的整个身体是没法通过的。

考虑到我们能源的未来（简而言之，能源的未来其实就是我们的未来）让人激动不已，它极大程度地取决于如何解决容器的问题。从无关紧要的物品（实际上是水中的氢原子）里获取能源的机器已经存在，并非纸上谈兵，而且它的有效性在氢弹的实验中已经极大程度地被证实了。唯一欠缺的就是，能够经受得住这台机器运行时，如同太阳活动时那骇人的温度的容器外壁还不存在。对于那些在美国、苏联或弗拉斯卡蒂，还在对这个注定是不存在外在形态的容器（它应该是一个磁场）苦思冥想的侏儒们，我们对他们的成果非常感兴趣，并且希望他们能够一切顺利，想出更多恰当且不会过于鲁莽的点子。因为我们不知道,我们也不知道他们是否知道，要是他们的这个瓶子损毁了的话会发生什么。

似乎此时就要为我们这个世纪贴上封条了。而扮演着容器制造者的这个角色，我们的手里攥紧了最大利益与最大损失的钥匙：两扇相邻的门，两把锁，却只有一把钥匙。

月亮与我们

本文发表于奥尔德林与阿姆斯特朗第一次登陆月球前不久，1969年6月21日。

位于肯尼迪航天中心的这台伟大仪器，比一支现代化军队更复杂、更精确也更昂贵，它正庄重地迈向最最重要的那一刻。八天之后，两个人将在事先预设好的时刻与地点踏上月球的土地。这不仅将在人类的日历上画下浓墨重彩的一笔，也让这件于每个时代中都不仅被视作不可能，更是成了不可能的代名词的事情成真了。

这是有必要的（更确切地说，这或是必要的。因为日常语言是保守的，虽然如今我们仍旧在说，“他的食量和四个磨子差不多”[1]或是“铆足全力”，但没有人会再去把这些俚语中的比喻和古老的典故联系到一起了），把“像活在月亮上”这种，被理解为是一种徒劳幻想的标志，或是代表着莫须有之地的俚语扬弃是有必要的。尽管我至今仍能愉悦地想起，就在区区二十年前，当有人说起“在月球的另一面”时，就好像在阐述一个典型的无法成真的事实案例一样，因为那儿从本质上就是不可被观察的。去谈论它是一种纯粹的无稽之谈，就好像讨论天使的性爱，或是艾萨克 · 多伊彻笔下的每七十年便环地球一圈并在上方吐唾沫的塔木德鸟一般。

所以，不论我们的双脚等待迈开的那一刻的时间是否已经过于长久，我们都做好踏出一大步的准备了。许多迹象都

1　意大利俚语，mangiare a quattro palmenti，意为食量很大，英译者直译为 eat like four millstones。——译者注

让我们对它产生了质疑，我们是否知道自己在做什么？显然，我们是知道的，并且，我要借我的笔来谈谈这种冒险，这种开拓行动的重要性：它是人类所迄今为止最珍贵，亦是最细致的尝试；是最漫长的旅程，也是人类见到过的最陌生的环境。然而，我们为何要去做这件我们并不十分了解的事呢？可以列出的原因太繁多，各个原因互为交织，又如此的独一无二。但究其根本，我们能从中瞥见同一种原型。在所有纷繁复杂的计算的背后，蛰伏的是对产生生命的冲动的朦胧依从，这和促使白杨的种子开裂成絮在风中飞扬的力量是类似的，和迫使经过最后一次变态后的青蛙，不顾及自身生命危险顽强地从一个池塘迁徙到另一个池塘的那股力量也是雷同的。这是传播的冲动，是在尽可能多的领土上扩散的冲动。因为，“花床理论”让我们变得狰狞丑恶，而和那些动物同伴的相仿性，即侵略、防御与逃跑这一系列返祖的机制，也同样在我们人类的身上发挥着效用。

除去知道这是一种傲人的、“属于未来”的新科学，我们对它究竟能走到哪一步所知甚少。上两个世纪，许多伟大的技术突破（新冶金技术、蒸汽机、电能，还有内燃机）即便是引发了剧烈的社会变革，也没有动摇人类的根本。相反，近三十年来的重大革新（核能、固态技术、杀虫剂、杀菌剂及洗涤剂）所引发的后果，比任何人所能想象得到的范围更广，性质也更不同。它们其中至少有三样，严重地威胁到了我们星球最基本的生态平衡，我们亟需对其做出改变。

尽管仍存在着许多疑惑，存在着诸多困扰着人类的灾难性问题，但两个人仍将踏上月球的表面。我们这些大多数，这些民众，从现在起，得像坏孩子一般去接受在这个宇宙时代，在我们奇迹的学院里接续不断出现的神童们。尽管他们在人群中如此独特，却也正是他们，不可或缺地让我们感受到了自己的存在。我们之中鲜少有人会知道，如何在明日的飞翔中复活——如同阿斯托尔福（Astolph）[1]的远征，或是如同但丁感受到他的身体穿过了微透的月亮之物时，源自神学上的震惊："明晰、闪耀、厚实、坚固而洁净"。遗憾的是，我们这个时代并非诗意的时代，我们不再明白如何去创造，不明白如何去蒸馏从我们手中流逝的美好的事物。

我们只需等待，宇宙的诗人迟早会到来的？这么说或许还为时尚早，还没有人能证实这一点。航空业的倒数第二次巨大的技术突破已是六十年前的事了，但那么多年之中只给了我们圣埃克絮佩里[2]（Saint-Exupéry）那样的诗人，林德伯格[3]（Lindbergh）和希拉里（Hilary）[4]则要低一个档次。他们三人都从不稳定、不可知与冒险之中获得灵感。大海的文学在航行中随船只而沉没；公路的诗歌从未诞生过，更不要说去设想它了。柯林斯（Collins）、阿姆斯特朗（Armstrong）与

1 阿斯托尔福，阿里奥斯托诗歌中的人物，为了让发疯的奥兰多恢复理智而飞往月球。——译者注

2 圣埃克絮佩里，法国飞行员、作家，以其作品《小王子》而闻名于世。——译者注

3 林德伯格，美国飞行员、作家，1954 年以自传《圣路易斯精神号》获普利策奖。——译者注

4 理查德·希拉里，英国飞行员、作家，以其作品《最后的敌人》（*The last Enemy*）而闻名，死于"二战"。——译者注

奥尔德林（Aldrin）[1] 的航行太过确定、太过程式化了，要想让诗人从中寻找灵感，则欠缺“狂野”。当然了，这显然有些所求过多，但我们确实感觉被蒙骗了。我们下意识地，或多或少地希望这些探索者也天生具有这样的美德，正因为这样他们才显得超凡脱俗；我们期望着他们能够有能力传达、表现甚至歌唱出他们在那儿的所见所闻。但这看上去并不可能，不管是明天抑或今后都是如此。在那个不分上方与下方，也没有起始与终结的原始子宫之中，在开天辟地前（Tohu and Bohu）的洪荒之中，迄今为止都没有向我们传来过任何诗歌的韵脚。或许除了几句加加林简单的话语，除了他那以非人类般冷静而冰凉的鼻音，以死板的程式化的方式把无线信号传回地球之外什么都没有。而这并不像是人类的声音：它们和宇宙，和动力，还有永恒一样不可理解。

1　这三位是美国登月计划“阿波罗 11 号”的三位宇航员。——译者注

创造新动物

无中生有地创造一种能够存活下去的动物（我这里指的是能够自行成长、供养自己、适应环境、抵抗天敌并且繁殖的动物）是一件几乎不可能的功绩。这是一件远远超越了我们自身能力，也超出了最强大计算机力所能及的工程；我们对存在最基本的机制还所知甚少，并没有办法去试图创造别的生物，就连纸上谈兵都做不到。换而言之，自然进化这件事永远要远比最出色的进化论主义者更加富有智慧。生命的机理随着岁月的流逝被证实了，它不例外地要遵循物理与化学的法则，然而，与此同时我们与终极事实之间的鸿沟也越来越宽了。这并非是因为我们仍未解决的难题与未解答的疑惑，而是由于每一个已知的问题都又衍生出许多新的疑窦，而这个过程却没有终止的迹象。

而且，三千年来叙事、绘画与雕塑的经验向我们展现了，就算是异想天开地凭空编造一种动物也绝非易事；即便能，它是否能够拥有生存下去的能力并不重要，重要的仅仅是它的形象能够或多或少地刺激我们的感官。任何一个国家，任何一个时代的神话故事中的这种动物，都是从已知动物的特征与肢体中所拼贴与奇想出来的。最有名，也最集大成的要数奇美拉（chimera），一个山羊、蛇与狮子的混合物了，它如今很可能已经成了“徒劳的希望”的代名词。但奇美拉也被生物学家认可为在他们的实验室中所创造，或是说能够被创造出的原型之一，这当然要归功于不同动物的器官移植。

半人马是一种令人着迷的物种，它是古老的象征，拥有渊博的知识。但是卢克莱修（Lucretius）早已发现了它们在生理上的不可能性，并以一种新奇的观点试图去解释它：马在三岁的时候就已达到了力量的巅峰，而那时人却依旧是个刚刚断奶的幼童，还“经常在梦里找寻他的奶嘴”呢。这两种无法“共同绽放”（florescunt pariter）的生物，怎么可能一起生活在一起呢？况且他们更加不可能燃起共同的爱火！

而回到离我们更近的时代，菲利普 · J. 法默（Philip J. Farmer）在他出色的科幻小说中塑造了苦于呼吸障碍的传统人马形象，并通过赋予它们好几个风箱似的、能够像喉咙一样通过孔窍让空气通过的器官来解决这个问题。而另一些人马则面临着营养不足的问题，因为单单一张人类的小嘴无法让那个马的身躯饱足。

简而言之，即便不考虑生物学上的逼真与稳定性，人类的想象也趋向于融合固有而已知的元素，而在探索新方向的路上游移不前。若是你重读博尔赫斯（Borges）的《幻兽词典》（*Book of Imaginary Beings*），你会发现很难找到一种完全原创的动物，甚至连任何模糊地去挖掘不可思议的创新的可能性的尝试也不存在。比如说，说到寄生虫，不外乎类似蜱虫、跳蚤或是绦虫的物种。

在离都灵不远的一所学校里，老师们在六年级学生中进行了一场实验，让这些孩子们去描述一种他们创造出来的动物，实验的结果证实了这种想象的匮乏。这些被创造出来的复合动物大都出自神话，像珀伽索斯或是米诺陶这样来自不同动物的肢体的组合，或是向庞大与多重数目的方向靠拢。这让人想起《约伯记》中的利维坦（Leviathan），拉伯雷（Rabelais）笔下的人物和怪兽般的巨人，有一百只眼的阿尔戈斯（Argus），有着八只手的湿婆（Shiva），三头的刻耳柏洛斯（Cerberus），还有意大利国立烃学会（ENNI）那个有六只脚的狗的图标。正是在这样的实验中，我们不够勇敢、滑稽而爱担忧的本能暴露无遗。

雄性裁决者（Executioner）住在地下，因为它害怕那些其他孩子们创造出来的动物，也因为它在一天的二十四小时里，要睡上二十二个小时。它只吃人肉和果树，而且它奔跑的速度能达到每小时二百四十公里。雌性则异常多产，“它一个月要差不多生产八或九次，且每次都会产下五十到六十个小裁决者”。她也选择在巢穴中生产，同样出于上文已提到过的安全问题。

淋巴恐龙（Lymph Dinosaur）也栖居在地下室中一个塞满了纸和稻草的箱子里。作者没有提到它的尺寸，但我想它一定不会非常巨大。不过，遇到这个动物的过程唤起了惶恐而引发的微妙战栗：这个女孩已经去地下室拿过好几次红酒了，也曾在哪儿听到过奇怪的声响，却没有和家人提起——“那儿还是老样子”。她现在独自在黑暗而肮脏的地下室，这个充满原始恐惧的、当代城市版的阴间里。你瞧！那怪物出现在了她的面前，她因为“它实在太丑了”而大声尖叫了起来。这个故事以一种真切的痛楚结束：“我再也不想看到这种动物了。”

庞大的脖子巨人（Neck-giant）是一种复合生物，起码有两种已知动物的特征（它有剑鱼那样的头，和一只斗牛犬一般重），但却与它们都不同，因为它有着令人惊讶的特点："伐木者用它来锯木头"。虽然描述得不够明确，但它一定是某种工业污染的产物。实际上，"它的脖子有六段"（从作者那简单却准确的描述来看，很明显这是六块椎骨），"而且它们时不时就会断掉，所以它经常要去技工那里修补脖子。因为它花了许多钱在这上面，所以它很穷"。

还有个名字有十八个音节而无法读出来的动物。"它有着用尾巴进食的特性，这使它的头部能够注意到面临的危险。"一种对合理性更加大胆的探索来自创作出它的作者，他对逼真的追求可以说是异乎寻常。这个动物有三只眼睛，约两米高，而且"看到谁都害怕"。它没有骨头，"依靠着精密复杂的神经系统保持直立"。在这个古怪的动物园里，这可能是唯一一个"有经济价值"的样本了，因为作者并不仅仅是为了引发奇迹或恐惧才把它创作出来的。"它只有一个肺，用胃中的一个孔呼吸"，但这个胃对于动物来说却不太寻常："当它完成咀嚼后，吞下的食物不会通过食道，而是直接掉到一个被当作胃的、类似囊袋的地方。"作者对令人尴尬的排泄问题也做出了设想："它利用长在脚（一共有十只）下面的洞来把不需要的物质排出体外。"谁在他的一生之中，没有羡慕过来普托戎提布斯（Leptorontibus）的谦逊与慎重呢？

与此相对的，莫斯楚姆喀利科斯（Mostrumgaricos）则完全是天马行空的想象。它吞吃野牛和大象，冒失地从树上潜下来，在空中攻击它们，并“用它尖利的牙齿刺穿猎物的大脑”。它也能够在水下呼吸，重达四千吨，而且母兽每个月能产下六十只幼崽。它的骨头比钢更硬，而且，“就算是从五千米高的山上坠落下来，它都不会受伤”。它有十二颗心脏，六十根肋骨，既不可战胜，又永垂不朽。它只害怕一种叫作阴沉症的疾病，这对它来说是致命的。这最后的细节之中，正包含了这样的道理：没有不能被匡正的邪恶，也没有不存在“阿喀琉斯之踵”的无敌之物。

还有这么一种动物，说实话也算得上是描写得比较翔实了，它没有名字，却非常聪明有活力。“当环视四周一圈之后，它的周围什么都没有了。它非常擅于肢解，哪怕是最小最无辜的动物都逃不过它的法眼。”“它有一身漂亮的毛皮，很受女士们的青睐。”“它的死亡是悲剧性、庄严而体面的：他的生命是有期限的，而在它得知自己大限将至的那一天，它开始饕餮般地进食，只为不要遗忘它曾吃过的所有食物。”

可科（*Cocó*）是个超现实主义、温驯而谦逊的家伙（他只有三只眼睛，才二十厘米高）。我羡慕它的作者在创造出它时的幽默感。“它吃石头、树枝、花朵和猫咪”，它从中国来，却“住在阿基米德大街2号”；它爱和邻居孩子们玩耍，但是呢，“它经常出现在城市的每一个角落，因为它基本每天都换一条街住”。“它现在四十岁了，每五分钟就要抽掉一烟斗的烟草。”而戏剧性的死亡也在等待着它：实际上，可科“在活到一百岁的时候会在奔跑中死去，这是这种奇怪动物的传统”。此时，我不禁要再度引用由博尔赫斯翻译、已被征引无数次的丁尼生的诗句，那是对一种奇异之死的宏伟描写。丁尼生笔下的海怪，也是另一种虚构的生物，是一条身长约二点四公里的巨大章鱼："从玄深之处传来的雷声下……它古老、无梦而不可侵犯的睡眠 / 海怪在沉眠……它已于此静卧良久，并将继续于此盘踞 / 在睡眠中以海虫滋养自己 / 直到此后的火焰燃进了深渊 / 一旦被人或天使看见 / 它将嘶吼着升起，在海面上死去"（博尔赫斯，《幻兽词典》）。

要是不提到西贝库斯（Cibercus），这篇文章就不完整了。作者一开始是以一种很苍白的语调来描述它的，它通常有着六条腿（尽管细得"像是一片草叶"），耳朵是方的，而眼睛——一只是红色三角形的，另一只是黑色正方形的。不过令人惊讶的还在后头："它的尾巴有两米长，是奶油做的。"从此处起，这篇文章原地起飞，接下来的内容令人咋舌。西贝库斯"住在寒冷的丛林里，如果它来到太阳底下就会融化。它非常虚弱，要是有一支箭射中它的话，就能毫不困难地把它刺穿。然后就有这么一个传说……有一群西贝库斯想要直面太阳，进攻人类，但就在它们被阳光照射的那一瞬间，它们全部融化了"。意识到自己的喜剧天赋，作者还提及了西贝库斯靠吃老鼠与巧克力维持生命。最后，他像是斗牛士给出最后一剑那般挥出了一个致命的结尾："这种动物跑得非常慢。"

跳蚤之跃

最近，曾属于沙皇法庭中某个淑女的繁复华丽的钢丝裙撑在克林姆林宫里展出。在腰带上，更不如说是被当作腰带来使用的可怕的金属箍上挂着两根陶瓷做的小管子，其形状和大小就像是化学家用的试管那样。要是读一下旁边的介绍，你就会知道，它们是用来捕跳蚤的陷阱。在这个小瓶的底部放上一勺蜂蜜，在衣褶之间游动的跳蚤就会被它的甜味所吸引而进入瓶子中，并从光滑的瓶壁上滑下去掉入底部，最终被粘住。

这是一篇小说里的一个章节，它描述了两种不同形式的狡狯之间无穷无尽的斗争。一种是人类下意识的、短暂的狡狯，他们为了抵御自身免受寄生虫的侵扰，而在一代代繁衍的进程中逐渐发展出对付它们的策略。而与之相对的则是寄生虫在几百万年之间不断发展的狡狯，其演变的结果让我们震惊。

在所有动物之中，我们最应该敬佩的就是寄生虫了，特别是它们在生理结构与生活习惯中所镌刻的原创性。我们不会敬佩它们的原因是它们滋扰人，对人有害而无益。不过一旦我们克服了这个偏见，一种远远超越想象的真实与事实就会浮现在我们眼前。比如说肠道寄生虫，它们以我们体内的营养为食物，且身体结构相当特别：或许是同天使一样，它们没有肛门。又或者是寄生在兔子身上的跳蚤，出于复杂的激素信息的互通，它的产卵周期和它的宿主是同步的。因为兔子和这些宿体同时生产，所以每一只幼兔在出生时即携带着从数量上来说微不足道的幼虫，而当它离开窝的时候，身上的那些跳蚤也算是它的同侪了。

这是必要的谋略。须当谨记的是，这些寄生虫的行当并不容易（它和你一同进食），不论是在动物世界，还是人类世界。好的寄生虫得要找到一个比它身型庞大、强壮、移动得更迅捷的宿主（从“寄生人”的角度来说，那个宿主要更加富有、更有权力）。但不可忽略的是，它让宿主所受的侵扰应尽可能得小，不然它就要面临被驱逐的危险。它更不能导致宿主的死亡（从寄生人的角度则是：破产），因为接踵而来的就是它自身的覆灭。例如蚊子和吸血蝙蝠，虽然它们彼此大相径庭，却同样地发明出了麻醉剂，能够不惊扰到熟睡的宿主，而吸取适当分量的血液。这种麻醉的比喻引用到人类身上，则是对上位者的阿谀奉承。但寄生人和寄生动物之间的这种相关性不能再深入下去了，因为在我们这个复杂的社会中，在清扫桌子的阶层之中更容易产生这些寄生于他者的收入，寄生于其他阶层的人，因为这些人无法更好地保卫自己。

寄生人与寄生动物之间最本质的区别从一开始就已显露无遗，并将一直延续下去。传统的寄生人形象须得有智慧，因为他缺乏谋生的本能，对他来说，他的寄生是他的选择，一切伎俩都要靠他自己想出来。而寄生生物，众所周知，则全然出于本能，完全由先天行为所控制，它们的大脑非常小，甚至有些没有大脑。这种选择存在着经济上的理由。这类对于身型庞大、行动迅速的宿主的搜寻目标并不明确，因为这些物种并非在脑容量上发展其优势，也不是消化系统与感觉器官，而是在它们那惊人的生殖系统。缺乏大脑、消化管与移动器官的绦虫，却能在成年之后产下数百万的卵。这种补偿性的极度高产也向我们展示了绦虫高得出奇的“婴儿死亡率”，一只幼虫能成活的可能性须以百万分之一来计算。

人类身上的跳蚤在我们诞生时就已存在了，并不是什么新鲜事，也没有人悔恨于它的消失。但正是如今，我们正在见证着一场虱子的神秘复兴，所以我们必须要抵御它们的侵袭。这有助于我们回忆起：跳蚤，除了是病毒的携带者之外，就在几十年前，它还是欧洲文明和民歌的一部分，宠幸了社会上每一个阶层（正如同上述裙撑所展示的那样），还经常被文人们所提起。笃信天意之无边无际的贝尔纳丹·德·圣皮埃尔（Bernardin de Saint-Pierre）曾声称，黑色的跳蚤会被白色的衣物所吸引，所以人们能够借此捉住它们，“但单凭这些微小、泛光、黑色的夜行动物对于白色的本能，我们几乎也是不可能把它们抓住的”。朱塞佩·焦阿基诺·贝利（Giuseppe Gioacchino Belli）在1835年所写的一首十四行诗中，描画出了“捕跳蚤者”那奇异的感官缩影，对他们来说，没有与抓跳蚤相当的欢愉了：

每个人都有他极致的欢愉。
而我的是跳蚤。确实，我钟爱
碾碎它们，聆听那细小的爆裂声。

在巴尔扎克的《都兰趣话》（*Droll Stories*）中，普瓦西修道院里的修女们向一个天真的初学者解释如何分辨抓住的跳蚤是公的、母的还是未繁殖过的。但要找到一只未繁殖过的跳蚤简直是天方夜谭，“因为这些怪物都是没有品性的、水性杨花的荡妇，把自己献给第一个到来的异性”。

对跳蚤的普遍看法，与对苍蝇的差不多，都与恶魔相关。《浮士德》（*Faust*）中，在奥尔巴赫旅馆，当梅菲斯托唱起那首国王之歌的时候，所有人都为他而鼓掌，而这个国王把一只巨大跳蚤当作儿子（不是女儿，因为在德语里，“跳蚤”[1]的词性为阳性）一样来对待，来宠爱，还为它定制天鹅绒与丝绸剪裁而成的衣服。

实际上，跳蚤在显微镜下显现出的样子异常得如恶魔，而这种凶恶则提供了它们借助一跃来躲避捕捉的能力，这跳跃如此轻灵，使得它陡然避开敌人的视线，看起来如同消失了一样。恰恰是这一不熟练却充满了耐性与创造力的跳跃，让米里亚姆·罗斯柴尔德（Miriam Rothschild）花了数十年去研究。一位自然科学家并不被我们常人怀有的厌恶与禁忌所控制，这点不让人惊讶。从这些研究结果来看，这些不寻常的事实也值得我们这些门外汉知晓。

跳蚤之跃与它的自身需求是相称的。当它侵袭鼹鼠或是所有居住在地洞中的动物时，跳得并不高，它甚至可以不用跳跃，因为它向迟缓的、久坐不动的宿主所发起的攻势毫无难度。而另一方面，要是宿主机动而灵活，比如猫、鹿或是

1 原文为德语 Floh。——译者注

人类，这些昆虫在完成蜕皮之后，就应该立即开始迈出承担自己生命的第一步，即从地面跳到它们所寄生的这些动物身上。据计算，寄生于人类身上的跳蚤能够跃起三十厘米高，这比它们自身身长要高出至少百倍。

这样的跳跃所需要的力量是无法通过肌肉来提供的，更遑论这种昆虫的肌肉了。昆虫在偏低的温度中几乎都是不活动的，而跳蚤则必须“不经热身”而起跳，因为它蜕皮的地方也并非都是温暖的，比如人类居所的某些夹层。然而跳蚤在成虫那一刻起就需要血液的滋养。

奥妙在于，自然进化通过千百万年来的尝试与谬误而演变出了这个精妙的解决方案。跳蚤把源自它们飞行祖先的强健肌肉群又重新转换，再度联结成一种能够累积弹性机械能的组织。实质上，那是一种收紧、放松再跃出的机制，就和古老的弩以及如今我们所使用的、借弹簧发力的打孔枪有着相同的原理。

这种类似打孔枪里的弹簧和弩弓，能够充满弹力地变形的器官，由蛋白质构成，在动物世界中都称得上独一无二，它有点儿像橡皮但是效用却要大得多。刹那惊人的一跃所需的能量要在一段缓慢的准备阶段里累积，在两次跳跃的间隔里，跳蚤必须再度“屏息静气”，为它的再度弹跳积蓄能量，但就算是暂停，也不过短短十分之一秒。而这便是让这些小虫即便在寒冷的环境中也能够跳得既高又远的秘密。

米里亚姆·罗斯柴尔德和她的同事们制作了特定的精妙仪器来捕捉并重现这些细微的场景。例如，一架由跳蚤起跳的动作来启动的、异常灵敏的相机。有些读者会问，这些研究到底有什么用？虔诚的灵魂或许会说，造物的和谐同样能够从跳蚤的身上映射出来，外行人则认为这事儿和他们并没有什么关系。不过，要是这个世界只研究有用的事物的话，那一定比我们命中注定要降生的这个世界更可悲、更忧伤也更寂静。而且实质上，上述的两种答案之间的差异并不大。

月亮上的青蛙

“夏日假期”和学校的假期一样长，几乎有三个月。准备工作很早就开始了，通常是在3月的圣约瑟日那一天就拉开了帷幕。我的父母在仍被雪覆盖的山谷之间徘徊，找寻一个能够租下的地方，最好是能够坐火车到达，而且距离都灵不远的地方。这不仅是因为他们没有私家车（不过那时候也几乎没有人有），也因为我父亲的假期（尽管他憎恶夏日的闷热）统共只有8月中旬假日前后的三天。所以为了在凉爽的空气里就寝，也为了和家人待在一起，他接受了每日往返于家和托雷佩里切或是梅亚纳，或是整日坐在前往巴多尼奇亚火车里的惩罚。出于家族凝聚力,我们每天傍晚都在车站等他回家。而第二天凌晨他就要出门，连周六也不例外，因为他八点就得开始办公。

将近6月中旬我母亲就开始打包了。除了包裹和带柄的箱子之外，还有一个叠了三个巨大柳条篮子的大块头行李，这些篮子要是装满的话，每一个都得有至少两百磅重。搬运工会过来，奇迹般地把它们扛在背上搬下楼，满头大汗，嘴里还骂骂咧咧的。行李里什么都有，亚麻布、水壶、玩具、书本、干粮、电灯、厚重的衣物、鞋子、药物，还有各种工具，就仿佛我们要离开亚特兰蒂斯一样。基本上，度假地点是和亲朋好友们一起选择的，这样我们的旅程也不那么孤独了。简而言之，我们就好像带上了这个城市的一小部分上路。

在虐待狂般引人厌恶的假期作业的点缀之下，三个月就这么过去了，缓慢、静谧而无聊。不过随之而来的，是各式各样与自然的新鲜接触：有许多令人心旷神怡的花草，连去记住它们的名字也是一件乐事，有唱着不同歌谣的鸟儿，还有昆虫和蜘蛛。有一次，在洗手槽的水盆里出现了一条水蛭，它在水中扭动身姿，优雅得如同在跳舞。又比如卧室里飞进了一只蝙蝠，或是溜进了一只看日落的黄鼠狼，有时是一只蝼蛄，它既不是鼹鼠，也不是蟋蟀，而是肥胖、令人生厌、来势汹汹的小怪兽。在花园的庭院里，成群结队的蚂蚁有条不紊地忙碌着，它们的狡黠与迟钝都是让人学习的好榜样。在我们的教科书里就以它们为例："去看看蚂蚁吧，你这个懒虫。"它们从不休假。是呀，那得付出多大的代价呀！

最有趣的地方是一道湍流。每天清晨，在阳光下，母亲都带我们去清澈的溪流边玩耍，而她自己则在柳树的阴影下面编织。你可以毫无危险地从这一岸蹚到另一岸，而且这边栖息的动物我以前从来都没见过。有一种看起来像大蚂蚁的黑色昆虫在水底滑行，每一只都沿着圆柱状的卵石道，或者在遮挡住它们腹部的植物碎片之间曳动，只有它们的头部和细小的脚露在外面。要是我去侵扰它们，它们就一激灵，缩回它们的瞭望所里头。

极美的蜻蜓在半空中萦回，闪耀着带着金属感的深蓝色；连它们的嗡鸣都带着金属光泽，充满机械感。它们是小小的战争机器，可能会如同箭矢一样突然扎向一只目之所及的猎物。在干燥的沙带上，不仅有非常敏捷的绿色甲虫迅速移动着，还有蚁狮设下的漏斗形陷阱。我们抱着一种说不出的同谋感观察它们伏击猎物，因而也多少带着些负疚，以至于我妹妹总是同情心泛滥，用枝条让一只只通向残酷的即死之路的小蚂蚁掉过头去。

在湍流的左岸，聚集着成百上千的蝌蚪。但为何只在左岸呢，经过一系列思考后，我们观察到，沿着左岸有一条小路，每个周日经常有渔人会路过那儿。鳟鱼们已经发现了这一点，所以在临近右岸的地方搭起了宽阔的“停泊点”。所以蝌蚪为了要避开它们，则在相对的左岸安顿了下来。它们能引发矛盾感、欢笑和柔情，因为它们的头和身子比起来实在太硕大了，就好像小狗或是刚出生的婴儿似的。它们会引起我们的愤慨，因为它们时不时地就会吞下自己的同类。

它们只有头和尾巴，是奇美拉，是不可能存在的动物；但它们游动得既轻灵又自信，用优雅的摆尾推进自己前行。不顾母亲的反对，我带了一些蝌蚪回家，并把它们养在一个水盆里，在那个水盆的底部我还铺上了我从溪床上带回来的沙子，它们在里面看起来待得很舒服。实际上没过几天，它们就开始蜕皮了。这场面我真没有意料到，整个过程简直充满了神秘，就好像一场新生或是一场死亡，足以让我把那些假期作业忘到九霄云外，让这没完没了的日日夜夜过得飞快。

蝌蚪的尾巴会慢慢地变成和它的头部一样粗细的肢干。过个两三天，它继续成长，里面萌出两条细小的蹼状后腿，但这些小家伙并不使用它们游动，而是懒懒地让它们挂着，继续扭动着尾巴行进。再过几天之后，靠近它们头的某一侧会形成一个水泡，慢慢长大，然后像个脓肿一样地破开，里面伸出一只小小的前肢。这前肢已经成型，一长出来就立刻能够游动，但极细小且透明，像是一只玻璃小手。随后，另一侧也同样长出一只小手，与此同时，它的尾巴开始慢慢变短。

从第一印象来看，这个周期显然充满了戏剧性。这是段粗暴而残忍的青春期。这些小动物变得不眠不休，就好像是感受到了，在它们内部那股改变着它们的面貌，并使它们躁动不安的力量所带来的阵痛。这股力量在它们的内心，在它们的腑脏里搅动，或许它们自己也不甚清楚那究竟是什么。它们疯狂地游动着、怅惘着，它的尾巴逐渐消失了，而四条腿还依旧太羸弱。它不断地游着，游着，在寻找着什么，或许是为它新长出的肺找寻氧气，或是在寻找着离开这里，通往自由世界的舷梯。我意识到，这个水盆的盆壁对它们来说太过陡峭，而它们显然是想要爬出去，于是我在水中放了两三块带斜坡的木块。

这个做法是正确的，有些蝌蚪确实利用到了这些木块，不过，到现在仍旧称它们为蝌蚪究竟对不对呢？它们已经不再是幼虫，而是像一颗蚕豆那么大的深色幼蛙了，然而青蛙，正如我们人类蛙泳时的范例，在游泳时是手脚并用的。另外，它们也不会互相吞吃了。此时此刻，我们对它们的感情与一开始又有所不同，好像怀有了为人父母般的感情。它们像是我们的孩子，即便在它们蜕皮的阶段，我们给它们制造的麻烦比帮助还要多。我常常拿起它们之中的一只放入我的手掌，它们有口有鼻，有一张小脸，它眨着眼睛盯着我看，转眼就咧大了嘴巴。它是想要呼吸呢，还是想要说些什么？另有几次，它则果断地沿着我的手指扭开，就像在跳板上滑动似的，然后迅速地疯狂一跃，跳入虚空之中。

饲养蝌蚪也并非如此容易。它们之中，只有一部分能够使用我提供给它们的救生板，而其他的那些，每天早上都会淹死几只。由于还没能长出维持它们在水下生活的腮，它们便在水中扑腾，最后因耗尽力气而死去，就像是被困死在水坝里的会游泳的人一样。不过就算是稍微聪明一些的，懂得去运用舷梯的蝌蚪活得也并不长久。

这种驱使蝌蚪离开它们蜕皮的水池的本能，就如同我们想要登陆月球一样，完全是能够让人理解的：目的地根本不重要，只要离开原来呆的那个地方，哪里都可以。在自然界之中，不论是水坑边，还是溪流的转折处都可能是它们的选择。不过它们也有别的去处，比如说潮湿的草原或是沼地。如此这般，有那么一些蝌蚪离开了原来的居留地，历经迁移，并在新的环境生存了下来，不过就算是在最理想的状况下，它们之中也还是有一部分注定会在迁徙中死去。这是因为，青蛙母亲在产下成串成串的卵时已经耗尽了体力，它们也“知道”，它们的孩子死亡率将会出奇的高。我们把剩下还活着的蝌蚪洒在花园的庭院里，虽然我们试图把它们撒在有水的地方，但我们其实并没有找到水。之后，我们穿过草地与石群，徒劳地追寻着它们的身影。它们之中最自信的那个，笨拙地小步蹦跳着，试图闯过花岗岩的走道，却被一只知更鸟发现，一口吞进了肚子里。而与此同时，我们的玩伴，在一旁静静地看见了这一切的白猫猛地一跃，抓住了这只鸟，这幸运的一爪把她的注意力转移到了别的地方：就像所有的猫儿会做的那样，她并没有把它完全弄死，而是把它拖到了一个角落，继续耍弄着这只垂死挣扎的鸟儿。

爱的组装玩具

不论什么年龄段的人都会陷入爱河，那种爱慕的情感或许都是强烈的，但其形式却大相径庭：从伊甸园式的牧歌到无孔不入的热情，从欢愉到绝望，从已臻宁静到毁灭性的争吵，从利益的往来（同样也能够运用在生意中，何乐而不为？）到不相上下的口舌之战。在我十一岁那年的漫长夏日假期中，我喜欢上了一个叫莉迪娅的女孩，她大概九岁，很有礼貌，长相平平，总是病恹恹的，总之并不算是一个特别光彩照人的姑娘。我为她的集邮册奉献了不少，实际上，还是我鼓励她开始集邮的。我在她讲述她那可怕的扁桃体手术的时候，还是会惊恐地打起冷战，实际上这件事她已经讲过好多次了。我还帮助她做假期作业。总而言之，她吸引我的是她与动物之间的亲密无间，在我看来这就好像是魔法一样，几乎是神授的天赋。曾有一只德国牧羊犬，对着谁都乱吠，把它狗眼所及之处的所有皮球都戳烂，只要有谁骑着自行车路过，它就立即去把车胎毁掉。但它允许莉迪娅爱抚它，一到早上就在她家门口低声呜咽，不耐烦地等着她的出现。甚至连院子里的母鸡和小鸡一听到她的呼喊，都会立即冲到她的身边，争相啄食她手里的饲料。她让我想起我在学校里刚刚读过的《奥德赛》里的喀耳刻（Circe）。

要是我没有发现，这个和我很亲热、对我的骑士精神一直怀着感恩之情的姑娘其实喜欢着别人，喜欢着比我更强壮的卡罗的话（他也是这几个月来我最好的朋友），这本可能成为一段崇高而沉静的恋情。就算我再自欺欺人也是毫无意义的，因为莉迪娅本人偏爱卡罗那样的男孩，而这却又是至关重要的决定性因素，毫无转圜的余地。说来，卡罗和羞怯的莉迪娅看起来完全不同，他喜欢踢足球，和村里的孩子们摔跤，还爱假装驾驶着草原中心那辆锈迹斑斑的、没有马达的旧式卡车。

我和卡罗的友谊是因为组装玩具而建立起来的。我们在其他方面毫无共同点，但这个需要手工的游戏把我们联系在了一起。我只有四号组装玩具盒，而家境比我好的他则拥有五号盒子，还有许多附属的零部件，加在一起几乎就和最好的六号盒子一样完美了。我们对自己的财产都相当珍惜，还共同设定了关于交换、出借部件，以及一些可供共同使用的零件的详细条款。把我们俩的盒子放在一起的话，花色品种可以说颇为齐全。在共同搭建我们的玩具时，我们形成了很好的互补：卡罗的动手能力很强，而我的设计能力更胜一筹。要是我们分开工作的话，他搭出的成品非常简朴、单调但很结实，而我的则充满幻想，更为复杂，只不过结构上不是很稳定，因为我不想把时间浪费在拧紧螺栓上面，我那个工程师爸爸没少因为这事儿责备我。不过要是我们一起玩，我们的长处便能融合得相当好。

在这种情形下，我对组装玩具和对莉迪娅的双重热爱势必让我做出这样的决定：用组装玩具来俘获莉迪娅的芳心。不过我知道，比起告诉卡罗我的“醉翁之意”，倒不如只把这件事局限在其社交意义上：为了纪念莉迪娅的命名日，我们不妨为她做一个从前未曾想象过，连那不可靠的玩具说明书上都没有提到过的，独一无二的东西。而且我还臆想着，莉迪娅不会继续被蒙在鼓里了，她将知道，卡罗，她的那个卡罗只是个拼装材料、拧螺丝的小工，而我，她虔诚的仰慕者，才是发明家，是设计出这一切的人。我们所要展示在她面前的这件物品，则是我个人献给她的敬意，一段秘密的表白讯号。

我们究竟该做什么呢？我和卡罗讨论了一番，卡罗并没有意会我从器材本身出发，探索其功用的提议，而是提出了他脚踏实地的、明晰的意见。因为他有一个用弹簧发动的小马达，所以他提议，我们可以做一个能用这个马达发动的物件，比如车、挖掘机或是起重机什么的。不过我可不想要这种寻常的玩具，我想要的是一件礼物，一个馈赠。当然了，从象征意义上来看，这只不过是命名仪式之后的余兴节目。但我确实是坠入爱河了，这点毋庸置疑。我很确定的是，我想要送给莉迪娅的，并不只是破碎的零件条，再说了，谁会把拼装玩具的部件当作礼物送给女孩子呢？我想了很久，告诉卡罗说我们要制作一个钟。今天再回想起来，我根本不知道我当时为什么会做出这个选择，也许我只是误把时钟的摆动当作了心跳，或者把它当作忠贞与永恒的象征，也可能只是把它和命名日的循环联系在了一起。

卡罗茫然无措地看着我，迄今为止我们都满足于简易的模型，我这个总设计师的大胆立即就引发了他的怀疑和钦佩。不过钟要靠弹簧来启动，所以我们必定要使用那个马达，那个他所骄傲而我所嫉妒的部件，或许也这促成了我们最后的决定。“那我们来做个钟吧。”他带着跃跃欲试的心情这么说。我也以同样的语气回答他，我们也不一定非要用他的那个马达，曾经钟都是靠重力来运作的，我们也要做成这样。我解释道，这样可能会更好，因为变形之后的弹簧会失去它的弹力，而向下的作用力则更加稳定。

于是我们开始工作了，我热情高涨，卡罗的心情则很不好，或许他已经意识到我心里给他预设的角色低我一等了。而且，在我们手中出现的这个钟看起来非常丑陋，根本没有钟的形状。一开始，我打算把它做成一个古董钟的模样，但我很快就发现，就凭我们手中的材料，根本没办法把它做得又高又纤细，因为那块横梁实在太不坚实了。但我们依然得把它弄得高一些，因为钟摆需要下坠的空间。我绕开了这个难题，把这件没有什么形状的东西安装在了墙上，而钟摆则在空中摆动，离地面将近一点五米。但制作擒纵器，即制作能够把钟摆摆动时的能量转换到那个缠绕着绳子，系着重物的圆筒上，好让它规律地摆动或停止的仪器，则着实花了我一番功夫。我最后用两只钩子完成了它，其中一只是我的，另一只是卡罗的。

8 月 3 日，神圣的莉迪娅来了。我把重物升高，让它开始摆动，这个机器开始发出废铜烂铁般的滴答滴答声。我必须得指出，我要做的并不是一个能够真正显示出时间的钟，实际上这个钟摆开始以规律的速度单摆的时候，我已经感觉到莫大的胜利了，因为我们并没能把这个圆筒的匀速运动的循环控制在正好一个小时的齿轮。我们用硬纸板给它做了个钟面，还有指针（不过只有一根），但它所指示的时间并不准确：它转一圈大概需要二十或是二十一分钟，而且走了不久之后它就停了，因为钟摆停止运作了。

莉迪娅问我："这是干嘛用的？"她根本没有意识到这个问题有多残忍。她在我们这个杰作面前没有停留超过半分钟，显然她对蛋糕和真正的礼物更感兴趣。我的嘴里充满了被背叛的苦涩，因为我终于意识到她最钟爱的那份礼物，她骄傲地向她朋友展示的那个小小的玻璃纸信封，是卡罗在大家的面前递给她的。而里面，可恶，装的是一套尼加拉瓜的邮票。

看不见的世界

我的父亲，总是像个专家似的光顾切尔纳亚街上的二手书店。有一天，他为我带回来一本1846年在伦敦印刷的、精巧雅致的合订本。它的标题乍一眼看上去既谦虚又自命不凡："对微生物的看法，抑或对显微镜下看不见的世界的一瞥"（*Thoughts on Animalcules, or a Glimpse of the Invisible World Revealed by the Microscope*），作者G.A. 曼特尔（G. A. Mantell）先生，法律博士，英国皇家学会会员。题目下面则是颇为高调的题词："致北汉普顿最尊贵的侯爵……"，接下去还有十二行字，其中有些还是用哥特体印刷的。

我当年十五岁，立刻就被它迷住了，但总体来说是由于那些插图，因为那时我对英语还一窍不通。不过我买了一本词典，令人惊讶的是，我还挺乐意去翻它的（和拉丁语词典相比），有了它的帮助，我几乎能看懂书中的所有内容。我能够一字不差地理解书中以简洁精准的语言介绍"微生物"外表和生活习惯的文本。不过引用了赫歇尔（Herschel）、雪莱（Shelley）、霍布斯（Hobbes）、拜伦（Byron）、弥尔顿（Milton）、洛克（Locke），还有其他一系列或多或少曾致力于地球与天空中看不见的事物的先贤们的冗长前言，我就不是很理解了。

这本书给我的印象是，作者多少有些把由于个体太小而不被看见的东西，和那些子虚乌有不可能被看见的东西，比如地精、妖精、鬼怪和死者的灵魂混为一谈了。不过这个主题太引人入胜，和我在高中里掌握的知识大相径庭，并且极大地满足了我那时的好奇心，以至于我一度荒废了学业，花了好几周时间埋头苦读这本小册子（尽管顺便学习到了一点点英语）。

这本书的题词是一句动人心魄、在科学与幻想中摆荡的警句："在每片丛林的树叶间，在每座花园的花朵中，在每条溪流的水里，都有着一个包纳诸多生命的世界，与苍穹的荣耀一样无穷无尽。"这是真的吗？真的在每条溪流的水里都如此吗？对于拥有一台显微镜的渴望像一阵突如其来的胃痉挛般痛苦地攫住了我，我向父亲讲述了这件事。

父亲用一种略为警觉的眼神看着我，他对我之于自然科学的兴趣也不是那么不赞同。他曾经是个工程师，在一家匈牙利的大型工厂中担任过项目设计。尽管他现在在贩卖、安装电动马达，但他年轻的时候，曾也算是那个年代里都灵实证主义者圈子里的一员：龙勃罗梭（Lombroso）、赫尔林兹卡（Herlitzka）和安杰洛·莫索（Angelo Mosso），一群多疑但非常容易上当、互相催眠的科学家们，他们读丰特奈尔（Fontenelle）、弗拉马利翁和安妮·贝赞特（Annie Besant），还是桌灵转[1]的常客。

他对科学的热爱带着一丝遗憾的色彩，尽管当初他因为生活种种际遇而不得不放弃这份热爱，但他并没有反对我走他的老路。不过，我，一个青春期的男孩，对一台显微镜的渴望更甚于世上所存在的其他更为让人愉悦、更为具体的事

1　一种类似笔仙或碟仙的转桌子占卜游戏。——译者注

物，这件事于他而言显得并不是那么正常。我相信他一定向别人咨询了一番，结论是，几个月后，显微镜运到了我家里。

如今看来，这台仪器并不算很值得：它只能放大两百倍，照明也不是很好，而且还有让人头晕的色差。但很快，我就离不开它了，比我花了两年时间请愿，采取了谨慎的外交手段才到手的自行车更加爱不释手。在这件事上，显微镜和自行车从某种意义上形成了一种互补，要是没有自行车，我怎么从市中心到达书上所写的公园、丛林和溪流呢？不过在计划出击之前，我已经把我能够找到的身边的所有东西都放在显微镜下看了个遍。

我从自己头上拔下的头发和我想象中的样子完全不同，它们类似于棕榈树的树干。一方面，要是更加留心观察的话，你会发现，要是用两个手指从发根向发梢捋一遍的话，那些表面的毛鳞片看上去要比逆向捋动它的时候更加柔顺，这是显微镜告诉我的第一个为什么。另一方面，发根看上去更令人厌恶，像是一块布满疣的半软的块根。

指尖的皮肤观察起来则很困难，因为要将手指固定在镜片前几乎是不可能的。不过要是碰巧成功了的话，你将会看见一幅非常奇异的景象，让人想起利古里亚群山间的平地和耕过的田地。那些巨大、半透明的粉色犁沟，起初是平行的，然而旋即就弯折，分叉了。要是看手相的人都能拥有一台显微镜来观察掌纹的话，那他们所推测出的未来可能要比用裸眼更加详尽。不过要是能够用它观察血液，检视书中所提到的血球，一定相当有趣，甚至从某种程度来说，这简直是不可或缺的——但我唤不起扎自己的勇气。我妹妹（从头至尾都对我的热情表现得非常冷淡）则简洁地拒绝了我让她扎我的请求，也不让我扎她。

苍蝇，这些可怜的小东西们成了一块供我观察的富矿。它的翅膀仿佛无数血管在透明的、泛出虹彩的薄膜中形成的精细迷宫。它的眼睛好像奇迹般规整的深红花窗。它的脚宛如脚爪的兵工厂，不仅长着刚毛，足垫还包含了滑行软垫、泡沫状软垫和钉状软垫。另一块富矿则是花朵，不论美丑，它们在镜下并无二致。虽然花瓣看起来并没有什么大差别（镜头的放大程度还不足以看清它的结构），但每个物种都会在玻片上留下花粉，每一种都非常绮丽，且形态各异。你能够分清楚它的颗粒，不论是球形、卵形或是多边形，结构都精致而优雅，有些光滑而闪耀，另一些则长着梗或是倒刺，它们或白，或棕，或为金色。

不论是普通的食盐、硫酸铜、重铬酸钾还是其他从药剂师那儿讨来的盐类，你都可以通过不同的方法让这些盐溶液在玻片上蒸发从而获得晶体，它们的形状也和花粉一样迥异。不过不同的是，你可以亲眼见证晶体是如何出生、成长的。于此，事态已和先前有所不同了，显微镜不再限于用来观察像植物或是死去的苍蝇这类静态不动的事物了。不过，第一件被观察的动态事物正属于无机世界中最没有生命气息的晶体，这确实颇为古怪，所以我先前所使用的“出生”和“成长”两个词或许并不恰当。

花瓶中的水里也蕴藏着生机，不过不如晶体的产生那样庄严有序。恰恰相反，它动荡不安，炫目得足以让你屏住呼吸。而且，水静置的时间越久，其中的抽芽就越狂热。这些微生物，终究如书中所写的那样浮现在我眼前，我清晰地记得它们在插图中的样子：精巧而细致，略为理想化，而且耐心地用水彩画上了颜色（我意识到这一点，是因为我在一小滴落在玻片上的水中捕捉到了它的踪影）。它们有大有小，有些在我的镜头下一闪而过，好像着急地要赶去很远的地方似的，有些则懒散地徘徊着，就好像在草原上放牧一般，还有的则笨笨地绕着自己的轨道旋转。

其中最优雅的要属钟形虫（vorticellae），它就仿佛微小而透明的圣餐杯，飘拂起来如同风里的花朵。它以又长又细，几乎看不到的一根细丝接在柄上。但就算是最轻的震颤，哪怕只是指尖擦过显微镜的镜筒，也足以让它的细丝一下子收缩成螺旋状，让杯状的开口合上。再过一会儿，就好像是克服了恐惧一般，这个小家伙放松了，细丝再度伸展开来；若是仔细观察，会发现其中小小的涡旋（vortex），它们正因此而得名“Vorticella”，那些模糊而微小的细屑在杯体旁旋转，看上去像是被囚禁住了一样。每隔一段时间，钟形虫都会起锚，收回细丝，准备出发去冒险，就好像是厌倦了它那静止的生活似的。它真的是和我们很相像的一种生物，因为饥饿、恐惧或无聊而动摇，产生反应，随即采取行动。

或许也同样因为爱？这温柔、充满诗意而扰人的疑问是我第一次骑着自行车，从桑贡涅清澈的溪流边带回那里静止的水样和沙子后所产生的。你可以从中看到怪兽：几乎有一毫米长的，好像受着折磨般翻腾的巨大虫子。那些肉眼看起来只是猩红的小点在显微镜下则是竖着好几绺触须，像溺水的跳蚤般抽搐着游动的透明怪兽。

但草履虫突然出现了，它中间宽两头细，行动敏捷，歪斜得像老式的拖鞋。它们移动的速度如此之快，以至于要减少放大的比例才能观察到它们的移动。它们航行在滴水中的洋流里，循着自己的轨道旋转，撞上障碍物后旋而转向，又重新像疯狂的快艇般发动起来。它们像是一直在追逐着光与空气，追逐着孤独与劳碌，但我看到它们之中有两只停了下来，仿佛是注意到并喜欢上了对方似的。我看到它们互相接近，然后紧紧地附着在一起，继而以一种缓慢的步调继续旅行，就好像在经过了这场盲目的婚礼后，互相交换了什么，并从中获取了一种神秘、片鳞半爪的幸福。

漫长的决斗

“有些人喜欢把奥利匹亚的灰烬存放在他们的马车上，然后用燃烧的车轮擦过终点。”贺拉斯（Horace）大致这么说过，而我所在的这个小团体则被光线和使人愉快的电荷所震动。我们第一中学里这个庞大的班级有着四十一名学生，都是男生，且几乎都是蠢蛋，对授予我们的知识野蛮地采取抵制的态度。有些拒绝它或者自负地嗤笑它，其他人（大多数）则只把它当作扰人的雨。

而我们则不同。我们这五六个人，在心里[1]默认彼此为这个班里的精英。我们私下商榷出一套规则，带着可耻的偏见：学习是一种必需的恶，学会接受是强者的耐心，因为人要经受一切后才能成长。这些科目则被精细地分出了等级：哲学和自然科学为上佳；作为理解前者的工具，数学和物理尚可忍受，希腊语和拉丁语也被列于其中；意大利语和历史可有可无；艺术史和体育则属于纯粹的折磨。凡是不接受这个分类（这基本是根据各科老师的个人魅力和他们人性中的温暖所排列出来的）的人，将会自动被排除在这个小团体之外。

此外还存在着其他的教条：关于女孩子。对女孩子，必须以不带任何情感的语气说话，甚至要以最严厉的军营语言对待她们。还有，像游泳和击剑这样的运动是值得敬佩的；滑雪被质疑为“富人的玩意儿”；足球不被接受，因为它“会

---

1 原文为拉丁语 in pectore。——译者注

让膝盖硬化”；网球则因太过女子气被抵制，它只适合上流社会的淑女们。

夏天的时候，我还在巴多尼奇亚打过网球，甚至还打过混双，不过我从来没有承认过。但我好歹还一直处在这个小团体的边缘位置。我被接纳是因为我出色的拉丁语，而且我把写着考试答案的小抄传给了全班；被嫉妒是因为我有一台显微镜；被质疑则是因为，虽然我已经有意为之，可是我的言语还是不够低俗。但成为“运动王子”始终是首要标准，为此进行锻炼显然是入选的标准之一，而对此视而不见者则被淘汰出局。就在此前不久的 1932 年，贝卡利在洛杉矶摘得了一千五百米田径项目的桂冠，我们都想向他看齐，或至少在别的项目中拔得头筹。属于我们的迷你奥运会通常在下午举行，场地是那个现在已经成为工艺学院的体育场。

这座法老般的建筑，是都灵首批由钢筋混凝土建成的建筑物之一，它于 1915 年建成，但在 1934 年就烟消瓦散了，简直浪费公款之至。八百米长的环形跑道如今就是一片满是碎石、坑坑洼洼的荒土，还有杂草和矮小的树木在巨大的夹层中生长。名义上我们是不能进去的，但我们还是一路拖着自行车，穿过咖啡吧绕进去了。

有的人在那里投掷重物（一小块水泥），或是自制的标枪，有的尽力跳高跳远，而我和圭多则谨遵贺拉斯咏唱的“奥林匹克之烬”[1] 的那般。我们发现我们都属于中距离跑步选手，贝

1　原文为拉丁语 pulverem Olympicum。——译者注

卡利跑的一千五百米对我们来说太长，就算是这烟尘滚滚的八百米对我们来说已经是相当长的距离了，甚至算得上非常长了。那三行诗让我们和拉丁语和解了——这些古罗马人不再只是老古董了，因为他们懂得竞争的狂热，他们也是我们的同类。遗憾的只是他们非要以那么难懂的拉丁语来写下这些诗句。

圭多是个有着雕塑般肉体的小野蛮人。他聪明，野心勃勃，羡慕我在学业上所取得的成功。而我，相对地，则羡慕他的肌肉、他的体魄和他的美丽，以及他那早熟的性欲。这种交互的竞争关系，建立起了只属于我们之间异样的、粗鲁的、颇具争议的友谊，我们之间从来就不亲昵，也并不总是忠于彼此。但这种持久的竞争关系，虽然让我们直到最后一刻都保持着苦涩的对立，却让我们无法分割。彼时，我们都才十五六岁，要是我们所拥有的武器尚属对等的话，那这种热度的竞争尚称得上是旗鼓相当，但事实上并非如此。在知识层面上，一开始我是占有明显优势的，因为光我家里就有许多书了，而且，只要我提出自己想要什么书的话，我的工程师父亲还会在回信中一并寄来别的［除了萨格里（Salgari），我父亲抵制他，也同时禁止我看他的书］。而我的对手圭多虽是普通人家的孩子，但他既不懒惰，也不愚蠢，他问我借走所有我向他提起过的书，如饥似渴地读完后和我讨论（我们几乎总是意见相左），之后就再也不还了。就这样，我们知识面上的差距慢慢地消弭了。

但是，他在身体上的优势是无法逾越的。圭多体重六十多公斤，肌肉发达，而我才四十五公斤，所以一切有直接身体接触的搏斗都无法进行，但我们确实想要进行身体对抗（也许，对这方面的渴望，我还更甚于他）。在上跑道之前，我们发明了许多间接的比赛方式。好几个周末我们都在互相比拼，谁能够憋气憋得更久，起初没什么特殊的，而渐渐我们都发明了不同的对策。我发明了在比拼前通过长长的深呼吸来预先使我的血液充满氧气的技巧，圭多则发现在比赛前躺在地上要比坐着能使他更多支撑几秒。我又探究出了扩展与收缩胸膛，却又能保持声门闭锁的内息法。它很有效，但圭多发现了这个伎俩，很快便学去了。我们轮流为对方计时，见证着对方慢慢鼓胀起来，越来越呆滞的眼睛，但我们都顽固地坚持到几近昏迷。此外，根本没有去检验对方是否没有紧闭气管的必要，因为我们只是想要打破自己的纪录，而非赢下这场比赛。不过我觉得比赛的结果并不精采，在一百秒的窒息之后，我们起身，并最终决定暂停这场比拼，因为“不然我们可能会得肺结核”。

发明耳光游戏的无疑是圭多。这个游戏的规则从未付诸书面，也没有明确的说明，而是即兴被定制出来的：不管是在街上，在书桌前，如果可能的话，也可以是在学校里，甚至可以是在平常的对话中，你都可以冷不丁地用尽全力打你对手的耳光，让他大吃一惊。用闲聊干扰对手是被允许的，甚至是值得赞赏的策略，甚至从背后打击对方也是可以的，但这个耳光只能甩在脸颊上,不能打在鼻子或是眼睛上。另外，趁着对方没反应过来时的第二次追打是不允许的，不过允许招架，不过这几乎是不可能的。抵抗、抱怨和生气都是不光彩的。复仇是义务，但不能于被攻击的当下立刻反击，而是之后，或是第二天，在双方都松懈下来时突然出乎预料地来那么一下。最终，我们对彼此脸上那不易察觉的一丝分神都异常机警，因为那是一记耳光的前奏。“现在你睁开、转动你的双眼,准备攻击。”我从《神曲·地狱篇》中引用了这一句诗，圭多骑士般地赞赏了我。和预测的相反，我是这场野蛮竞赛的胜利者，原因是我的反应比圭多灵敏，也许是因为我的手臂比较短。但是，尽管我打到他脸上的耳光要比他打我的多得多，却也同时要轻得多。

圭多很快就在另一个脱衣比赛里扳回一城。在那个年代，连美国都没有脱衣舞。我无法战胜自己的矜持，只尝试过一次，但脱到鞋子就放弃了。我之前也提过，我们整个班都是男生,但并不都是混球,真正的混球不是我们这些“知识分子”。圭多向他们发起挑战，并把他们都打败了。这是场在班上脱衣服的比试，但仅限于上自然科学课的时候，因为老师近视，而且从来不从讲台上下来。有些人做到了赤膊，有些人脱到只剩内裤，但只有圭多成功地脱得一丝不挂。有可能被叫到黑板前回答问题的风险也是这个游戏中的一环，且使得它趋于白热化。事实上，你偶尔会看到一个被叫上去回答问题的学生，在他的座位前使劲地扑拉，以便迅速地穿上他的裤子。

圭多，这位天生的战略家则早就做好了预防措施。他先找了个借口从第二排换到了最后一排，练习如何迅速地重新穿好衣裤，就等待着提完问题的那个机会。终于，当老师讲到骨骼，用教棒点着各个部分的时候，他不仅把自己剥了个精光，还爬上了第一排的椅子，最后甚至赤条条地站上了桌子。我们都屏住了呼吸，既敬佩，又感到羞耻。他在桌子上站了好一会儿。

出于对集体神话的尊崇，我们最后还是把自己奉献给了跑道。不过圭多要在任何田径项目上赢我都是易如反掌，除了八百米。而正是这八百米，才是他最想打败我的项目，这样他那体育上的优越才算完璧无瑕。

围着跑道的那几圈本可能会带来大灾难。我们穿着网球鞋，碎石弄伤了我们的脚，减弱了我们步子的弹力。我们只一起跑了一次，就几乎要了我们的命。没有人想被反超，哪怕几米都不行。而我们并不知道，赢得比赛更加理智的做法包括让你的对手帮你减少空气带来的阻力，以及保存体力以便做最后的冲刺。所以，才比赛到一半，我们就都累垮了。我减慢了速度，既不是由于大度，也不是出于算计，而是因为已经筋疲力尽了。而圭多——谢天谢地——又跑了几十米后也离开了跑道。

自此之后，我们都震惊于对方的倔强，而决定看着秒表跑了。一个人在跑道上奔驰，而另一个则骑着自行车在后方告诉他当下的用时。不过圭多不守信用，总是在我全神贯注于奔跑的时候讲些下流的笑话引我发笑。就这样持续了好几个星期，我们彼此的气管都充满了奥林匹克的灰尘。在学校我们和平共处，而在运动场上，我们就像运动员那样对彼此隐隐地怀着憎恨。每次见面，我们都使尽浑身解数来试着比上一次少跑几秒钟。

在这个学年将近结束的时候，我放弃了，因为圭多已经确立了牢不可破的优势，我们之间有足足五秒的天渊之别。但时机赋予了我另一场微不足道的胜利。在体育馆里开的咖啡吧关门了，要想到跑道那里去的话，就要从扶壁顶上一段类似甬道的地方爬过去。我同时发现，拦在地面入口前的大门间有着十六厘米的空隙，而我的骨架刚好可以穿过去，且我当时非常瘦削，只要骨架能过去，剩下的部分也可以轻而易举地穿过去。

这只有我能够做到——好吧，这难道不也是个大事迹吗？这和圭多的股四头肌和三角肌一样，不也是自然的馈赠吗？再者，要是像诡辩家般望一生二的话，是不是还能够从中衍生出一种有着新规则、新形态的运动呢？或许在贺拉斯那温顺者和怏怏不乐者的名单中，又会加入些新来的不速之客呢？不过，这个说法并没有让圭多信服。

我和圭多失去了联络。我也不知道，我们两个之中，是谁赢了人生这场长跑，但我从来没有忘记这维系着我们，却又让我们分开的，称不上是友谊的奇怪纽带。在我的记忆里，他的形象像一张快照那般清晰：他裸裎地站在中学里那张可笑的桌子上，和老师飞快地介绍完的那具显得淫猥的骨骼相得益彰；他像狄奥尼索斯那样挑衅，而又因这种并列显得如此淫猥，像一座转瞬即逝的、充满尘世活力与不驯的纪念碑。

外祖父的店

在20世纪30年代那场无情的清洗之前，我的外祖父在老罗马街上有一家布料店。那是一间狭长而阴森，只有一扇窗的屋子；它垂直于街道，甚至比街面还低一些。隔几扇门之外有另一个平行的洞穴，那是一家看起来像是石窟，咖啡色的水门汀像是用巨大钟乳石铺就的咖啡馆，里面则装饰了许多小而多彩的镜子。在柜台底下琳琅满目地嵌着竖直的条状小镜子。我不知道这是出自偶然还是刻意，这些镜子并没有被固定在一个平面上，而是相互交错，形成了相对的角度。所以，凡是有人走过门槛，他的腿就会被这个镜子的把戏分割，看起来不再是两条而是五六条，而这对当时的孩子们来说实在太过滑稽了——这就是我们希望被带去罗马街的唯一原因。

我的外祖父不叫乌哥蒂，但每个人都叫他乌哥蒂先生，是因为他是从一个叫这个名字的生意人手上接下这家店的。他一定是个大受欢迎的人物，因为这个名字与我们绑定了实在太久太久，它不仅传给了我舅舅，甚至，在战后的好几年里，在罗马街上始终都有人叫我乌哥蒂先生。

我的外祖父是个富态而严肃的家长，他十分风趣，却从来不笑。他很少说话，几乎惜字如金，却总是一针见血，立场鲜明，话中有话，通常带着戏谑，又充满了冷静的威严。但我不敢说在他的一生中，是否曾读过一本书。他与世界的联系无非就是家庭和店铺，两点一线，虽不超过四百米，但他每天都要来回四次。他是个非常精明的商人，在家则是个极好的厨子，不过他只在有大场面的时候才会进厨房，准备一些精致但难以消化的佳肴。他会在那里待上一整天，把女人都赶出来，包括妻子、女儿和女仆。

那家店里的员工们简直是怪人大集合。首先是托塔吉娜，和那些背景不明，总是换来换去的雇工相比，她可在店里待了许多年了。她是我们的出纳，是个可爱的大块头儿，她把收银机和放收银机的高台都当成了血肉之躯。从下方你可以看到她那雄伟的胸脯，占据了整个桌子的上方，而那对胸脯与桌缘接近的地方，犹如一块自制通心粉的面团。她有一口镶金带银的牙齿，还会送我们利昂[1]的糖果。

吉安多内先生，发"R"音的时候很艰难，戴了一头假发。吉利先生则总戴着鲜艳的领结，跟在女人屁股后头，还老是醉醺醺的。法兰切斯科（没有称他为先生，是因为他是个匠人）从孟菲拉托来，别人都喊他"铁克星"，因为有一次他被人袭击，结果他从支撑棚子的铁棍里抽出了一根，用它打破了袭击者的头。他会倒立行走，会侧手翻，在铺子关张的时候，他就在柜台前翻跟头。

和我外祖父还有这些雇员一起卖布料的还有我的两个舅舅，或许他们想过从事别的职业，但由于我外祖父的权威——即便他从未以任何严厉的话语表达出这个意思，更别说发号施令了——让这成了件理所当然、不可辩驳的事。在他们内部，销售员之间用皮埃蒙特方言交流，其中还穿插了顾客们（几

1　利昂，一个意大利糖果的品牌。——译者注

乎都是女性）无法理解的约莫二十个专业词汇，它是一种极为简略的微型行话，是基础但又必不可少的密码，可以迅速地通过耳语相传，且只需要轻动舌尖，几乎连嘴唇都不必移动。

它们一开始都是由数字组成的，而后为了方便使用而成了字符串，当然了，都是暗号。外祖父用它们来告诉伙计给不同顾客的价格（或减或加）。实际上，价格并不是固定的，而是与顾客的吸引力、偿付能力、是否与我们有亲戚关系，还有些别的无法定义的因素休戚相关的。"Missia"是烦人的顾客，而"tërdes-un"（十三和一）是最让人害怕的顾客了，他们会让你把架子上几十个螺栓都拆下来，和你讨论布料的价格和品质长达两小时，最后离开时什么都不买。在一段时间后，这个密语自然正是被一个"十三和一"解析出来了，当时可是搞出了个大场面，然后它就被意义相同的"savoia"（萨伏依之屋）所代替了，不过这个词也没有能用很久。剩下其他的短语则是简单的"行""不行""只能这样""就这样吧"等意思。

尽管外交关系上有些复杂，外祖父和其他的竞争者还是保持着良好的交情，他们之中有些还是远亲。他们互相友好地拜访对方的店铺，不过同时也行间谍之实。他们安排荷马式的周日聚餐，还互称对方为"小偷阁下"和"骗子阁下"。和雇员们的关系也是矛盾的：在店里他们当然是上下级，但有时候，周日天气好的时候，外祖父会邀请他们到博林吉艾里啤酒庄里参加社交活动（现在的阿德里亚诺广场）。除了有一次，他们都坐在了前往贝纳斯科的当地火车上。

不过，他和这条罗马大街上的其他生意人，包括卖鞋、卖内衣、首饰、家具或是婚礼服饰的所有生意人的关系都绝对不带有任何阴影。外祖父总是派他最年轻、最机灵的伙计去新门车站等待从省里来的火车，他要从中筛选出那些来到都灵的订了婚的情侣们，把他们引到店里消费。但伙计的任务并没有就此结束，等他们买完布料后，他还要把他们拖去其他合作店铺，这些店铺自然也会组织相应的回访。

在嘉年华会的时候，外祖父会邀请所有的孙辈到店里的阳台上观赏花车游行。那时候，罗马街铺着让人愉快的木砖，驮马的蹄铁踩在上面也不会打滑，一侧则排着电车的轨道。外祖父为我们采购了足够的五彩纸屑，但禁止我们把飘带扔到街上，尤其是在潮湿的天气里。事实上，这是因为当时流传着一个故事：有个小男孩把一根湿的飘带扔到了电车的电缆上，当场触电身亡了。

只有在嘉年华会的时候，外祖母才会一同站在店里的阳台上。她是个娇小而脆弱的女人，然而她的脸上又带着多子的母亲才有的庄严风范，还有她在自己生命旅程中所内化的，那些她裱在黄金画框中的祖先画像里散射出的，永恒般的神情。她自己也来自一个有着二十二个兄弟的大家庭，他们就仿佛是一朵蒲公英散落在风中的种子：其中一个是个无政府主义者，逃难去了法国；一个在“一战”中丧了命；一个是著名的赛艇运动员，不过有些神经衰弱；还有一个（她说的时候阴森森地放低了声音），还在吃奶的年纪，就在他的婴儿床上被一头猪给吞了。

人为什么要写作

读者，尤其是年轻的读者，总会以最简单的方式询问作者他写某本书的原因，或是他为什么要如此写作，甚至更为笼统，比如他为什么要写作，作家们为什么要写作。对于囊括了所有问题的最后一个问题，并没有一言以蔽之的答案。并非所有作家都清楚，是什么诱使他去写作的，而且他通常也不单为一个理由而写作。此外，在创作一部作品的时候，结束的理由往往又和起初的动因有所不同。就我自己而言，我至少有九种写作的理由，我将尝试对此一一加以描述。不过读者们，不论你们是否与我从事同样的职业，或许都能轻而易举地发现其他缘由。所以，人为什么要写作呢？

第一，因为他感知到了一种驱动力，让他必须去写作。这第一个理由大概也是最无私的理由了。一个作者写作，是因为在内部驱动他的某些事物或是某些人并没有给他一个完整的画面。他或许能够因他的作品获得名誉和荣耀，但那只是一份红利，是一种额外的奖赏，这并不是他所追求的。简而言之，这些只是他写作的副产品。我得承认，我所说的这种情况有些极端，只存在于理论之中，可能趋近于零。是否真正存在意念如此纯粹的作者，或者说是否真的存在这样的艺术家，是令人存疑的。浪漫主义者就是这么定义自己的。不过，我们最终在彼此之间找到了如此伟大的人类作为楷模并非偶然，是因为我们对他们了解甚少，所以可以轻易地将他们理想化。最遥远的山通常也与天空连成一色，也是出于同样的道理。

第二，自娱与娱人。幸运的是，这两点通常都是相互重合的。以写作取悦读者的人不被自己写作的过程所取悦，这实属罕见，而钟情写作的人一丁点儿都不把自己写作的喜悦分享给读者，也是罕有的事。不过除了这两种情况外，确实也有纯粹的娱人者，他们通常都不是职业作家，没什么野心，对文学性或别的什么也兴致缺缺。他们不会写什么沉重的劝谏，也没有教条主义的条条框框，而是孩童般清澈轻盈，聪颖机悟得像活了很久的智者。浮现在我脑海的第一个名字是路易斯·卡罗尔（Lewis Carroll），这个活得没什么可以让人指摘的羞怯的牧师和数学家，用他笔下爱丽丝的历险（先是在仙境里，而后又去了镜中）惊艳了六代人。他的书印证了他惊人的才华，在一个世纪之后仍然风靡世界，而且不仅仅局限于孩子们这个他原本面向的人群，连逻辑学家和心理分析学家都从没放弃在他的文字中寻找新的概念。而他的作品那毋庸置疑的成功，正是因为它不夹杂任何私货，不为我们上什么道德课，也不含什么教导性的意义。

第三，为了要教授别人一些东西。要这么做，甚至把它做好，即真正让作品对读者有所裨益，则需要极为清晰的措辞。不过也有着极罕见的例外，比如维吉尔（Virgil）的《农事诗》（*Georgics*）。好为人师的意图通常会从根本上腐蚀叙述性的词句，污染它，使之堕落。想读故事的读者只应该在文字中读到故事，而非他所不想看到的说教。当然了，凡事皆有例外，只要是体内流着诗人之血的人，就有本事在叙述星星，叙述核能，甚至在叙述喂牛养蜂时都表达出诗意。我于此要提一下佩莱格里诺·阿尔图西（Pellegrino Artusi）的《厨房中的科学与吃得好的艺术》（*Science in the Kitchen and the Art of Eating Well*），希望不要震惊到任何人。他以纯粹的内心写作，不带一点点隐喻。他不摆出文人的姿态，而是炽烈地爱着那些伪君子和消化不良者鄙夷的厨房的艺术，并诚心地把它教授给读者。他以对厨房深切的理解简洁而清晰地娓娓道来，却又出其不意地创造出一部佳作。

第四，为了改进这个世界。显然与此开始，我们离自发性的创作越来越远了。于此我要适时地提出我的观点：我们所讨论的这些写作动因，在作品可能产生的价值面前都是微不足道的。一本书可以是优秀的、严肃的、影响力持久或是令人愉快的，而这可能与作者写作的动机大相径庭。低俗的作品可以有着极为高尚的出发点，反之亦然，虽然可能性并不大，但高尚的作品也可能源自极为卑贱的出发点。不过，我个人对这些“知道”如何改进世界的人抱着相当大的怀疑，他们往往（但非绝对）对自己创造出来的系统十分沉迷，且对外界的评论有着极佳的抗渗性。但愿他们的执念不要过于强盛，否则他会用行动来改变世界，而非仅仅用文字了：这就是希特勒在写完《我的奋斗》（*Mein Kampf*）之后所做的事。我也常常考虑，许多乌托邦主义者要是有了足够的权力，或许也会发动战争，甚至展开屠杀。

第五，把自己的想法公布于众。因为这个理由而写作的人，只不过是上一条理由的弱化版，因而也没有那么危险。实际上，这个原因和许多哲学家写作的原点不谋而合，不论他们是天才或庸才，是飞扬跋扈也好，深爱着人类也好，是附庸风雅也罢，或者，只不过是个疯子而已。

第六，从痛苦中解脱出来。通常写作相当于一场自白，或无异于坐上弗洛伊德的沙发。我对这些因内心冲突而写作的作者毫无敌意，相反，我希望他们能够借此摆脱痛苦，就如同从事写作多年之后的我自己。但是,我想要问问这类作者，要如何才能精炼他的痛苦，而并非粗暴狂野地把最原始的痛楚直接抛掷到读者面前？如果做不到精炼，他就会面临把自己的苦楚传染给他人，却依然无法从痛苦中自拔的风险。

第七，为了出名。我相信，只有疯子才会只为出名而坐下来写作。但是我也相信，没有作者，甚至那些最谦逊或是最放荡不羁的作者，乃至上面提到过的路易斯·卡罗尔从未被这个念头所打动。变得出名，在报纸上看到自己的文章，被人讨论——这一切都无疑太美好了。不过这点儿快乐和作者所付出的相比又显得微不足道了，而那么巨大的付出又和如此不确定的快乐不成正比。

第八，为了财富。我不理解为什么有些人在发现科洛迪（Collodi）、巴尔扎克和陀思妥耶夫斯基以写作挣钱，以稿酬还清赌债或是填补公司破产所造成的经济亏空时那么惊讶，甚至还愤愤不平。在我看来，写作和其他有益的活动一样，理应是有偿的。但我同样认为，只为了金钱而写作是危险的，因为这几乎就导致了作者的轻薄行为，导致他们谄媚地去迎合当下的流行与大众的审美。

第九，出于习惯。我把这个理由放在了最后，因为它最让人感到悲伤。这不是什么好事，却时不时地在发生。这通常出现在作家耗尽了自身，丧失了叙述的能力，穷竭了把所感受到的事物塑形并给予它们生命的能力的时候。与此同时，他们也丧失了对一切的渴望，包括金钱与荣誉。他们依旧在写作，但不过是出于习惯，出于惯性地“让他们的名字印在出版物上”罢了。此刻，他应当对他的行为有所注意了；这条路他走不远了，他最终将不可避免地开始自我抄袭。不论是暂时性的抑或永久的，封笔才更为庄严。

枯骨与兰花

许多年以前，在“二战”结束之后不久，我曾经接受过（的确，我是自作自受，几乎都是出自自愿的）成串的心理测试。对此，我虽然并不非常确定，不过要是我的记忆没出差错的话，是因为那时候我申请了一家大企业的一个职位。我确实得去工作，但我并不喜欢大公司，因而我有种矛盾的心理：我并不真心希望能获得这个职位。然而我收到了参加“某些测试”的邀请函，里面还提到，该测试的结果并不影响最终雇用与否的决定，不过“一个圆形的人最终落入方形的洞”这种结果将会被避免。这个大胆的比喻使我震惊不已，并引发了我的好奇心（那时我可比现在年轻，还喜欢新鲜事物）。好吧，为什么不尝试一下呢？看看究竟会发生什么。

在等候室里，我发现与我一起等待的还有其他三十个候选人，几乎都是男性，差不多都是年轻人，而且，基本都很焦虑。我们做了一遍走过场式的内科检查，恍惚地被问询了我们先前的病史。这一切都不愉快地让我回忆起另一场仪式，实质上要比这个残酷得多，那是在这几年前，我被送入集中营报到时的情形。就好像一个陌生人在窥探你的内部，估摸你的内涵，打量你的价值，就好像一个人对一个盒子或包裹所做的事情一样。

第一个测试是画一棵树。小学之后我就再也没画过画。不过，树有它特有的特征，我把它们统统聚集在了一张纸上，不可能有比这更像树的树了。

下一个测试则难一些，一个看起来没什么说服力的年轻男子递给我一本写着五百五十个问题的小册子,你只能用“是”或“否”来回答这些问题。有些很愚蠢，有些则特别轻率，还有些看起来是从另一种无法理解的语言乱七八糟地转译过来的。“你是否有时候会觉得你的问题能够通过自杀来解决？”或许是，或许不，但无论如何我才不告诉你呢。“早上的时候你是不是总感觉你头顶软软的？”不，我保证。“你有没有，或是曾有过排尿的问题？”我旁边那个从塔兰托来的家伙用手肘拱了拱我，问道:“伙计，这是指的什么？”我解释给他听，他看上去好像放心了。“你是否相信革命能改进现在的政治体制？”你可真是太聪明了！我可不是什么革命主义者，就算我是的话……

男子带着这些小册子离开了，接着一个年轻的黑发姑娘进来了，显然比我们之中最年轻的还要年轻。她让我们挨个儿去隔壁她的办公室。轮到我的时候，她向我展示了四五张印着神秘图案的卡片，并让我自由地描述对它们的看法。其中有一张描绘着一艘向一边倾斜的，没有桨的小船被抛弃在了丛林深处。我要是把这个场景告诉我们家的一个年迈的女仆，她一定会悲恻地问我："您还好吧？”于是我说："像一艘森林里的船。”这个小姑娘看上去很满意。

另一张卡片上，是躺在地上的几捆小麦之间的农民们，他们的帽子遮住了脸庞。他们向我展现了干渴、艰辛的工作和辛勤挣来的提早收工。第三张卡片印着一个蹲在床边的年轻女人，她的姿势看起来极不自然，像是被迫的。她的头埋在肩膀里，背弯曲着，就好像她要把她的背当作抵御什么人或是什么东西的盾牌似的。地上还有件看不清的东西，很可能是把手枪。其他卡片上的内容我记不清了，不过阐释卡片这件事特别适合我，让我觉得相当舒适。那个小姑娘说她也注意到了这一点，不过别的她什么都没说，让我去了隔壁的房间。

在那儿，坐在桌子后的是一位优雅、美丽的少妇。她向我微笑着，就好像已经认识我很久了，随后让我坐在她面前，给我递了一支烟后便向我提问。都是些私人隐秘的问题，如同在忏悔时告解神父问的那些问题一样。她对我和我父母的关系特别感兴趣，甚至她于这方面的不懈让我感到不适，然而她脸上专业的笑容从未松懈过。

那时候我已经读过弗洛伊德，所以对这些问题也不是那么没有准备。我应该答得相当得体，我甚至还鼓起勇气对这个美人说，很遗憾我们的对话时间实在太短，不然我可能会移情于她，而且我还邀请她共进晚餐，但她看起来有些不悦地打断了我。从这一刻起我感觉这整件事开始让我愉快了，那种捉摸不定、充满压力的感觉所带来的不适消失了。

下一个小房间里，坐着另一位女面试官：她比她的其他同事都年长，也更自以为是。她甚至连我的脸都不看一眼，就把十张罗夏克实验的图像甩到我面前。那是些巨大、没有固定形状却又对称的斑点，这些图案是在一张白纸上滴上黑白或是彩色墨水后把它对折而形成的。第一眼看来，它们可能像是一对侏儒，一双骷髅，或是在显微镜下看到的昆虫，或是恶心的黑鸟，不过再多看一眼的话它们就什么都不是了。

一个个体如何阐释这些斑点，好像能够成为判断该个体的气质性格的依据。不过，碰巧在几天之前，一个朋友刚刚和我说起这些图案，还借给我一本手册，里面就描述了许多奇异的阐释的细节。比如说，在这团墨迹之中看到枯骨，或是看到兰花的人所隐藏的内心。我想我有必要提醒这位面试官这场测试是有瑕疵的。

我这么告诉她之后，她当即恼羞成怒。我怎么敢做出这种勾当？这简直闻所未闻，这是仅属于他们的，是他们的专业，外行人根本无法插手；这是只有他们才能拥有的，如此完善的术业，没人能够尝试窃取。不过，她到底会在我的表格上写些什么呢？她肯定不可能什么都不写。简而言之，现在，我让她陷入了一种不可思议的境地。我含糊地道了声歉就离开了，带走了我所有的东西。当聘用我的信寄达时，我答复道，我已经找到工作了。不过我确实找到了。

几个月后，我偶然得知，真正的应聘者并非我们这三十几个人。而这些面试官，反而是一群被考核的心理学学者，这正是他们的第一场大型测试。这个学徒般的成品，被他们叫作“杰作”。

自此我再也没有接受过类似的测验，这让我非常欣慰。我不信任他们，于我而言，他们侵犯了我们的一些最基本的权利，此外，这些测试毫无作用，因为根本不存在白纸般的应聘者。不过我还是颇为喜爱他们的，当他们像游戏般展开问询的时候，那个剥下自负的过程足以激发想象，引发创意，并得以让我们更加看清自己。

最好的货物

1984 年 2 月在都灵召开的东欧犹太教大会，是第二次世界大战之后意大利乃至全欧洲规模最大的一场盛会。会议首要突出的是，这一支几个世纪以来都一直是最为主要的犹太教，与其他分支，包括意大利犹太教的巨大分别，并且为与会者提供了极好的重新入教的机会。

在超过一代人的时间里，东欧的犹太人以一种幽僻而古旧的方式生活，积极地投身于工人阶级之间，斡旋于国家的斗争之中，为人权（也包括女权）与尊严而斗争。

他们曾是分别发生于 1905 年和 1917 年 2 月的两次俄国革命的领导人中的一员。在 20 世纪 20 年代，单单在华沙，他们就发行了至少三种日报，还不包括无数关于政治动向的期刊。就在纳粹屠杀之前不久，他们还开了一家绝对原创的电影公司。他们为何怀有如此惊人而锐利的活力？作为如此渺小的一个社会族群，他们究竟是为何能发出如此的强音？

这些犹太人能拥有这等势力的原因是值得学习的。在一些国家，人们对这种影响力怀有敬意或单纯的好奇心，但在更多情况下，犹太人面对的是长久的恶意与嫉妒，甚或野蛮的憎恨。我相信，正如人类历史上惯常发生的事件一样，这也不只因单一的理由，而是许多涸错交织的理由造成的。但在诸多理由之中，有一个我认为占了绝对的上风。

有一点在犹太教之中是相同的：无论什么时代，什么地方，教育世世代代都被置于极为重要的位置。中世纪伊始，东欧的犹太人就流传着一套极为特殊的教育系统。

教育被认为是生命最上等的价值,正如谚语所说,它是“最好的货物”。从四岁开始，到生命的完结，教育贯穿了犹太人的一生,且最起码是能够抵御、包容生命本身之艰难的。而且，这个系统是由整个社群建立起来的，没有任何一个孩子会被排除在外。未受教育者会被怜悯,被唾弃,受教育者则被敬佩。实际上，后者才是唯一被认可的贵族。

当然了，他们的教育方法和当下所时兴的则大相径庭，你可以从海姆·波托克（Chaim Potok）的小说中［包括《特选子民》（*The Chosen*）和之后的小说］对其有所了解。小说中也描述了，这些教育手段是如何在其他更为先进的教学方案的普及中幸存下来，并从哈西迪式的犹太社群迁徙到了美国社会的。

这种教育的根基是绝对的虔诚。在学会颇具难度的希伯来语字母之后，这些孩子立即就要踏上研读《摩西五经》（*Pentateuch*）的征程，并且要广泛地阅读从希伯来语直译成意第绪语的许多文章。此外，还有许多其他非常长的文章需要背诵。随后的几年里,他们则要学习诸多对《圣经》的评论、生活的戒条以及祈祷文。我们所念的大学就有其相应的犹太教学校,那些神学院的教学范围就包括了《塔木德》(*Talmud*)。

正如我们所见，这种课程和当下的教育趋势比起来有着天渊之别：没有历史、地理和所居留之地所使用的语言；没有或几乎没有精准的自然科学，只有些浸淫着迷信的外科医师般的转述，以及些许西方或世俗的哲学；没有文学、艺术和音乐。

这种强迫式的教育是繁重的，在那些神学院中，课程都要持续一整天，但它并不教条。教师会挑选一些《塔木德》的阐述，或指出其中的对立，或假设出一个对立的话题，并从中衍生出一番自由激越的哲学讨论，偶尔会是妙趣横生的，但通常讨论者都是固执地各持己见。有时候连原本的主题都被遗忘了，学生在参与讨论时，充满想象力的漫谈中所包含的正式的优雅以及勇气，甚至脱离了原本话题的范畴。

只要有会堂的地方（倒不如说更像是一个旧木棚），就会有图书馆，里面自然是只有宗教书籍。但来的人络绎不绝，从少年到成年人，或是老人，应有尽有。所以即便是在辽阔无垠的土地上，就算其他非犹太裔的人几乎都目不识丁，在犹太人的族群中，就算人们普遍都很贫穷，就算谈不上都是极有智慧的集合体，但他们也至少都掌握了工匠、掌柜、商人或农民的技巧。因而每一个犹太群体，即使再小，都是一张文化的温床。

这种教育的压力还囊括了强制性的多语种学习。直到希特勒的风暴席卷到前沙皇“居住”的广阔弧形地盘之前，从波兰、立陶宛到摩尔多瓦与乌克兰，这些群岛般散落的犹太人所说的统一语言仍是意第绪语，一种词汇与发音都相当多变的语言——“Mama-loshen”，它被充满爱意地称作“妈妈的语言”。但不久之后，正如我先前提到的，孩子们就会被授以“神圣的语言”，即希伯来语和阿拉姆语。此外，为了能够与周围的人们交流，犹太人从孩提时代起还不得不学习当地的语言。

而且无论如何，意第绪语自身也被语言学家（且不单单只有他们）认为是一种迷人的语言。从本质上来说，它是一种混合语言，是由发源自莱茵河畔的一种中世纪方言发展而来。这种方言本身就已经混合了拉丁语与法语的因素，又加入了不少希伯来语及阿拉姆语的词汇，通常还不经意地以德语的方式变了词性或是变了位（比如说，“ganav”这个希伯来语的词，意思是“小偷”，就能衍化出一个过去分词“geganvet”，意思为“被偷了的”），此外，它同时借用了来自俄语、波兰语、捷克语以及其他语种中的许多习语。

这是一种因历史而从一个国家迁徙到另一个国家的流浪者的语言，期间的每一站都为它镌刻下了印记。但它的进化并未终止：那些 19 世纪末移民到美国的东欧犹太人所说的意地绪语并没有灭绝，显然，它被英语词汇再度扩充，因而产生了一种更深层的进化。与之相对的，最有表现力也是最不可替代的意地绪词汇也“从底层”先进入了不同行业的行话之中，然后也进入了日常语言的范畴。

实质上，“妈妈的语言”也是口语，尽管已被诸多后来的语言所扩充，但这同样也赋予了它绝顶的灵活性与可渗透性。它那极端的杂交主义使得说这种语言的人与试图去理解这种语言、追溯这种语言的源头的人之间的沟通像是一场精神体操。

我相信，就是这些文化上的因素才是阿什肯纳兹犹太教短暂却又绚烂的繁盛的首要原因。或者更笼统地说，这也是犹太人千百年来通过长途跋涉、生活形态变迁的试炼所赢得的。但这也只局限于在此语境下，不然这种说法也显得无可名状。

当然了，其中也囊括了许多其他缘由，比如信仰、集体记忆、共同历史、传统、迫害本身，还有源自外部的种族隔离。但通过反证法，我们能够得知，要是这些因素统统都衰減，甚至消失的话，那么犹太民族的特征也将随之衰退，犹太社群也将趋于消解，就如同当年在魏玛共和国与如今在意大利所发生的一样。

或许，这就是为了权力及平等之间最真实的平权所付出的代价，但若事实真是如此，那么这个代价未免太过高昂了。而且不仅仅是之于犹太人，这种对于东欧犹太族群的屠杀与清洗已然是一种无法弭平的人性灭绝。然而，这个族群依旧没有消亡，他们依然秘密、含糊地在苏联苟延残喘着，在美洲繁衍着，在以色列其他传统与微妙的社会和历史的转变的夹攻中慢慢消减、湮没着。

当今的人们害怕某些动物物种的灭绝，例如熊猫与老虎，这无可厚非。而一个丰饶多产且有创造力的文明依循历史的惯例而消亡，这无疑是更大的灾难。所有人的脑海中都应该回荡着伊扎克·卡岑尼尔森（Itzhak Katzenelson）丧钟般的诗句，这位华沙诗人和他所有的家人亲眷都在奥斯维辛惨遭杀害，而他的诗歌却不可思议地流传了下来：

在立陶宛和波兰大地上升起的太阳啊，再也照不到一个犹太人了——

也再没有一个年迈的男人，倚着一扇轻快的小窗背诵着《诗篇》了。

抄录员

在几年前，1984 年 9 月，我买了一台文字处理器，这是一台能够自动换行，能瞬间插入、删除字词乃至整句话的机器。总而言之，用了它，只要一步就可以干干净净地修改已经完成的文章，不需要任何插入符号与修正符号。自然，我并不是第一个吃螃蟹的作家。就在一年前，我还被认为是个鲁莽的势利眼，而现在则今非昔比，电子时代就是进展得这么迅速。

不过我即刻要申明两点。第一，要是自己愿意，或是必须使用圆珠笔或打字机写作的人，自然可以如此继续下去，我的小机器是件奢侈品，它使人愉快，让人兴奋，但并非必不可少。第二，我要于此让游移不定的外行重新鼓起勇气。显然，我自己现在在屏幕前打字的这个样子，就依旧是个外行。屏幕后方发生的事情于我而言是模糊不清的。第一次上手的时候，我对它的一无所知深深地伤害了我，这时一个年轻人冲进来鼓舞了我，指导了我。一开始的时候他告诉我："你属于诚恳的讲究人道主义的那一代人，依旧秉持着去理解周边世界的习惯，但这种求知欲渐渐变得越来越荒谬，不过只要让它成为习惯，你的不适感就会消失了。你想想吧：哪怕你天天都在使用电话和电视，你就真的知道它们是怎么运作的吗？除了一些专家，又有几个人知道自己的心脏和肾脏是怎么运作的呢？"

然而，就算是听了他的嘱咐，我与这台机器的第一次碰撞依旧充满了痛苦，这是一种我多年来都未曾经受过的对于未知的痛苦。这台电脑送达我这儿的时候，附了成堆的手册，我尝试着在按动键盘之前先初步学习一下如何操作它，然而这并不奏效。尽管这些手册的确统统是意大利语的，但在我眼里它变成了一种未知的语言，更像是一种嘲讽，误导着你的语言，像“打开”“关闭”和“退出”这些词语都用在了不寻常的语境之中。毋庸置疑，专门定义这些词的词汇表是存在的，然而它又与普通的字典背道而驰：它使用其他相似的术语来定义这些深奥的术语，然后再用其他的深奥术语给予这些虚幻的词语新的含义，这产生的效应简直是毁灭性的。还不如直接为这些新发明一种有决定意义的专业术语呢！此时，我那青年朋友又一次解除了我的危机，并告诉我，要靠着手册来学习计算机，就好像照着专著学习游泳却不下水那样愚蠢，他还特地指出，尤其是当你连水是什么都不知道，只不过依稀听过别人谈论它的时候。

于是我开始双线操作，在电脑上亲自确认手册上的指示，这很快就让我联想到了傀儡的传说。几个世纪之前有个会魔法的拉比用黏土制作了一个机器人，它有着赫拉克勒斯的力量，会无条件地服从主人的命令。所以，它被用来保护布拉格的犹太人免遭屠杀。但在它的制造者往它嘴里滑下书写着《托拉》（*Torah*）中的经文的牛皮纸卷轴之前，它都是静止不动，毫无生机的。而一旦这么做了，这个黏土傀儡就会变成一个敏捷而智慧的忠仆，它会在街上巡逻，是个极尽责的护卫。不过要是拿走卷轴，它又会变回石头。我也自问过，是不是这台机器的制造商也恰巧知道这个神奇的故事（他们肯定受过教育，甚至都是聪明人）。实际上，电脑也有一张嘴，在它那张机械鬼脸上歪咧着。要是我不把程序软盘插进去，它根本不会运作，完全是一个没有生命的铁盒子。但要是我打开开关，那张小小的屏幕上就会出现一个和气的发着亮的标志：在专属于我的傀儡的语言里，这意味着，它已经迫不及待地想要吞下那张程序软盘了。当我满足了它之后，它轻柔地哼哼着，像一只心满意足的猫咪那样打着呼噜般苏醒了过来，迅速地展现出了它的风姿。它相当勤勉，是我的好助手，且对我的错误非常严格，非常死心眼，却能够完成我无法想象的奇迹，这至今让我匪夷所思。

假如喂给它设定好的程序，它可以运转一个仓库或一个档案馆，能够解译公式，编辑柱状图，甚至可以和你下棋。不过这些都吸引不了我的兴趣，就好像把珍珠扔在猪的面前那样，反而让我郁郁寡欢。它还能够画图，这对我来说反而又是一个缺陷：我从小学之后就再也没有画过画，但现在，有这么一个伺服系统可供我使用，能让我随心所欲地画出我自己画不出的图案，甚至只要一条命令就能把这些图片在我面前打印出来，这又是在以一种不佳的方式在取悦我，让我从其他更应该做的事上分散注意力。我必须要强迫自己“退出”画图程序，才能得以继续写作。

我注意到，要是以这种方式写作，文章往往比平时更冗长。从前的写作，就仿佛打磨宝石一般，是一种“精雕细琢”的风格。如今则完全不同了，手头的劳动几乎为零，所以要是不控制自己的话，写作的时候将会不自觉地写下许多不必要的文字。

不过旁边有自带的字数统计器，你必定会一直关注着它的。

要是我现在分析一下我内在的焦虑的话，会发现它其实绝大部分都没什么逻辑。我的焦虑包括了那些写作者的陈旧恐惧，还包括你呕心沥血创作出来，可能让你获得永久声名的那些无法估量的、非凡的文字，也许会被盗窃或是就这么掉入窨井里。当你如此写作时，字词就整洁地出现在屏幕上，井井有条。但它们是有阴影的，因为它们是非物质的，被剥夺了它们在纸上时那种让人欣慰的能力。写下的文字是有声音的，屏幕却没有，当你对文章不满意的时候，你会“把它存盘”，它就在你眼前不见了。不过它是否依旧存在呢，只不过是潜逃到了内存中一个小角落里，还是你错手把它毁掉了呢？在仅仅几天的对象错误[1]的体验之后（我打开了错误的文件，而且并没有打开一个新的，而是复制了一份），你就会坚信，文件丢失这种大灾难已经被这个睿智的傀儡的发明者预见到了。因为要销毁一个文件需要一次演练，而这个过程故意被弄得非常复杂，而且在此过程中，这个机器还一直在警告你：“小心点儿，你这是在自杀呢！”

约莫二十五年之前，在经过诸多道义上的犹疑之后，我写了个不是特别严肃的短篇，讲的是一个诗人决定买一台电子改韵机，并把机器的成果成功地据为己有的故事。虽然我的电脑没有为我做到这个地步，却在我谱写诗句的时候给了我极大的帮助，因为它让我能够在书写的时候做出无数的改

1 原文为拉丁语 in corpore vile。——译者注

动，而不把页面弄得乱七八糟。此外，它把我写作时的手动工作降到了最低限度，“就仿佛有人在我的对立面观察着我一样”。我的一个文人朋友向我提出质疑，称这样的写作方式让一个语文学家丧失了在接续不断的修改、擦除的重构过程中获得的高尚幸福，丧失了通向贾科莫·莱奥帕尔迪（Giacomo Leopardi）之“无限”的通路。他是对的，然而人总不能拥有一切吧。

就我自身而言，自从我把缰绳、勒衔和鞍座摆到电脑前之后，那种变成恐鸟般的乏味感和从濒临灭绝的物种中生还下来的幸存感渐渐消失了，“成为自己时间的幸存者”的悲哀也基本不见了。希腊人谈起一个没文化的人时，会说：“这个人不会游泳，也不会读书。”如今可能要再添上一句：“也不懂得怎么用电脑。”我依然不能熟练地使用电脑，也不知道自己将来是否会成为电脑专家，不过我已不再是一个对此一无所知的人了。除此之外，这也是一件能够加入让人记忆深刻的“第一次”的行列中的趣事：第一次看见海，第一次出国，第一次亲吻一个女人，以及第一次给予一个傀儡生命。

『世界上最欢乐的生物』

最近，圭多·切罗内蒂（Guido Ceronetti），一位犹太主义者“重读”了《丛林公鸡之歌》（*Song of the Sylvan Cock*）。凑巧的是，不算是动物学者的我也几乎是同步地重读了贾科莫·莱奥帕尔迪的《赞颂鸟类》（*In Praise of Birds*）。在对动物行为学数十载的广泛而激烈的推广之后，它传达给人们的印象依旧是奇特的、被模糊地异化的，与拂晓时沉静的金星带来的印象有些类似（正是在如此庄严的清晨，它的壮美才到达了如此的高度），尤其是在阅读过无数诗人歌颂过它的光辉之后。但其实就如同但丁在《神曲·地狱篇》中所描写的，这种光华只是酷热，极为压迫，是让人无法呼吸的太阳能的反射，不仅如此，它的表面还蒸腾着饱和的硫酸云。在这两种情况里，我们从诗意的表述中所感受到的周围的自然世界并非反常，只是换了一种腔调与内涵而已。

这并不是说，《赞颂鸟类》中萧淡的文字就失去了它的价值。要是我们只把目光局限于麻雀家族这些和我们相当类似的动物身上的时候，那么这些在我们的果园、山丘和花园中的鸟儿“是世界上最欢乐的生物”。它们看起来很欢乐，只是因为它们命中注定要飞行和歌唱。莱奥帕尔迪也如此写到，因为自然授予了它们极为敏锐的感官，同样也赋予了它们“一种非常强大的想象力”，尽管它并不“深切、炽烈及汹涌”，却明亮而多变，就如同孩童那样满溢着不间断且显然是无用的活泼。

在莱奥帕尔迪笔下，它们能够如此欢欣是因为它们无法觉察出生命的徒劳，也不知道什么是厌倦——这种有意识的人类所能够体验到的典型痛楚（而且离自然越遥远，痛楚就越深切）。此外，它们也感受不到极度的寒冷与燥热，若周边的环境变得严酷，它们就会开始迁徙，直到找到一个更适宜它们居住的环境。不过，尽管它们如此独立，能够自在地移居，但它们对人类的存在依旧非常敏感。若当地的人更加温和的话，它们的声音也相应地更为柔和。

歌声被莱奥帕尔迪视作鸟类之特点，是它们欢乐的标志，它是免费的，是歌唱着的欢笑，是“对愉悦的专注”，还能够把愉悦传达给听到的人，让人“持续地见证着它的欢乐，尽管它本身是种谬误”。而且，鸟类的躁动，它们“永不静止的身躯”也是它欢乐的最纯粹的表现，它“不存在任何的必要性”，它们的飞行只是“出于乐趣”。总而言之，莱奥帕尔迪，或者更确切地说，他要“赞颂的”远古的哲学家们，可能想要（不过“只是那么一瞬间”）“体验变成一只鸟的感受，只是为了体验它们生命片刻的愉悦与满足”。

这些文字清澈而隽永，永不过时。它的力量来自长久以来从未被人书写过。麻雀与可悲的人类的状况形成了对比，因为我们在大地上的重量，便是我们从根本上就缺乏自由的标志。不过，我们或许会自问，如果莱奥帕尔迪不参照布封（Buffon）的描述，而是把视野局限于那些他每天在傍晚的小镇上歌唱的鸟儿会如何？他也读过康罗·洛伦兹（Konrad Lorenz）的书，要是他关注的是别的鸟类又会如何？首先，我相信，他本来是拒绝尝试任何鸟与人类之间的比较的。把类似于愉悦、厌倦或是幸福这一类的属性加在动物的身上只允许在诗歌中出现，否则那就是随意的、误人子弟的。

对于阐释鸟类的歌声也是同样的道理。动物行为学家为此歌声做出了诠释，特别是它们独自发出悦耳的（也正因如此让我们感到愉快）声响时，这其实是一种明确的对于领地的防御，警告着可能有外来的天敌或是入侵者。所以，它和人类的笑声不同，更像是一种不友好的表达，就像是所有者在拥有物旁布置了栅栏和大门，或是防止窃贼进入公寓的让人无法忍受的电子警报器。

至于鸟类的活泼（指的是其中的一部分，其他的种类，比如涉水鸟，则非常安静），那是为了保持生存所必需的手段。据观察，以种子和昆虫为生的鸟类在觅食时必须要保持一种非常狂热的主动性，因为它们的食物四散在各处，通常并不是很显眼。另一方面，鸟类的高体温和飞翔时所耗费的能量让它们必须要尽可能多地进食。于是,这就成了一个恶性循环：为了觅食而辛勤劳作，又靠进食来弥补觅食的艰辛，这种闭路往复对于人类来说可不是什么好的品质。

我对这些事实的还原绝非是为了证明对于鸟儿的青睐是不合理的。即便我们接受了科学家(他们之间也不是没有争论）不断向我们提供的说明，这种青睐还是非常充分的，即便我们全盘接受了他们所关注的鸟类其他的、更为微妙的美德。

例如，为什么人就不能赞赏欧椋的适应能力呢？它们高度群居，在有农作物的乡村中经常能够看到它们。它们常常在那里大肆地劫掠葡萄园和橄榄林，不过近几十年来它们也向城市进军了。它们在 1914 年入驻了伦敦，而且在那之前的几年里就到达了都灵。它们在卡洛 · 腓力切广场，在图拉蒂大街，或是在任何地方找到了它们冬天的栖居地，那些在冬天变得光秃秃的树枝上，看起来还垂着奇怪的发黑的果实。

在清晨，它们成群结队地离开去“劳作”，意思是说，穿过工业区去田地。在日落时分,成百上千只欧椋一窝蜂地返回，还跟着零星散落的几只落后者。远远看去，它们就好像是烟雾形成的云，不过，不一会儿它们就开始惊人地丕变，云变成了一条长长的彩带，随后变成圆锥，又变成球形，最后再次散开，像一支坚定不移地射向夜间庇护所的箭。是谁在控制这支大军？它又是如何发号施令的？

夜行的捕食者都是非凡的猎食机器。它们在休憩的时候的外貌独特而有些笨拙，通常会引发好奇心，有时候也会让人反感。它们的飞翔是安静的，它们的爪子却是有力的，而且它们的额前有一双能投射出模糊的人类图像的眼睛。就算是再敏锐的眼睛，在彻底的黑暗中，也是看不见的。不过，严谨的实验结果显示了，一只猫头鹰即便是在完全黑暗中也能够以闪电般的速度捉住老鼠——只要它弄出丁点儿哪怕最细微的声响。鸟类可以借助听觉确定猎物的位置，这也许是源于它们的耳朵位置的不对称性，这一点早就广为人知了，不过这些听觉的信号是如何传达的则依旧是个谜。

说到鸟类的方向感，这个谜就更为难解了。众所周知，并非所有候鸟都是用同样的方式导引方向的，而且它们之中绝大部分都同时掌握了多种不同的策略，在不同的环境下转换使用，包括陆地的地形及太阳所在位置的变换，或许还囊括了地球磁场与嗅觉的因素。

当我们读到一些候鸟只在晴朗的夜晚飞行的时候，会全身心地被一种几近宗教似的威严所震慑。它们不仅仅通过星星来确定方向，还能通过天空的格局来推定自身的准确位置，或是它们在实验中被带往的地点在何处。不仅跟随着族群经历过迁徙的鸟儿有这种能力，连第一次试飞的新手都能做到。简而言之，一切自然而然地发生，如同它们天生就熟记了群星的地图，还拥有独立于当地时间的内在的时钟，这些都贮藏在它们不到一克的大脑中。

我们对布谷鸟的行为的震惊也绝对不小，在人类的道德准则中这绝对会被认作是变态的狡诈。它们不筑巢，雌鸟把蛋产在一些更小的鸟的巢内，而原主人往往（并非总是）无法注意到这种侵扰，把这个异种的蛋和它自己的一同孵化，直到小布谷鸟破壳而出。甫出生的布谷鸟没有翅膀，也看不到东西，极度敏感而不耐，它无法忍受身边有其他的蛋，它连推带搡，直到把所有它义兄弟的蛋统统挤落到地上为止。

而它的“双亲”依然日复一日地发热似地喂养着它，直到这只小鸟长得比它们还要巨大为止。有人或许会感觉是读了一本糟糕的连载小说，有人则不知道该如何表达对布谷鸟完美的生存本能的讶异，或者是说，讶异于自己为何在不情愿做东的时候缺乏这种本能。不过呢，在自然的游戏中，总是有赢家和输家的。

鸟和其他动物一样，不懂得去做所有我们人类能够做到的事，却也许会去做其他我们做不到的事，或者，它们同样也不能，却能帮助我们做到。要是莱奥帕尔迪梦想中的实验能够实现的话，我们或许将重塑自身的形态，在我们战栗着的弓上再多架上几支箭。

化学家的印记

听说共济会会员会通过握手的时候挠对方的手心来辨认出彼此的身份。于是我要提议，我们这代的化学家（包括我这样的前化学家）在互相介绍的时候，也应该都举起右手的手掌。在掌心正中央，连接着中指的那条弯曲起来的肌腱，被看手相的人称为生命线的地方，大部分人都会有一块小小的、职业性的、具有高度辨识度的疤，接下来我就要详细地描述它的由来。

如今，在化学实验室里，就算是最复杂的设备都能在几分钟内用标准化的磨砂玻璃器皿设置好。这个系统高效而干净，接合处甚至能够在真空下保持良好的接驳，部件还能够互换，品种非常齐全，操作简直就如同玩乐高和组装玩具那样容易。不过直到 1940 年左右，标准化锥形瓶在意大利仍不为人所知，要不就是特别昂贵，无论如何都不是学生能够负担的。

软木或是橡胶制的塞子是被用来保存药剂的，要是你想把一支玻璃试管倾斜到能够把接管插进去的程度（这是家常便饭的事儿，比如说，要把一个烧瓶接驳到冷却器上），你就要握着管子，边旋转边把它拔出来。玻璃常常会在这个过程中裂开，这样的话尖锐的底部就插到你的手里了。去提醒初学者注意此类微小且很容易避免的危险其实再简单不过了，基本算是一种责任。不过在我们的天性中某些不起眼的小角落里，都保留了这样一种本能，它敦促着我们去证实，所有的第一次都是痛苦而难忘，会留下印记的。所以，在操作着实验的手掌上的疤，就是我们的印记：它是化学家的印记，也算得上是炼金术士的印记，仍旧属于某种神秘教派成员的标志。

在任何有关密闭保存的课题上，老教授们都会带着异样的怀旧，谈论起化学的开拓者们在还没有接管的时候所使用的“封泥”。它在拉丁语中被称作“lutum”，是一种黏土与亚麻籽油的混合物，也可能是密陀僧与甘油，石棉与硅酸盐或者其他化合物的混合物，当时被用来连接还很粗糙的实验器皿。因含有铅丹而发红的窗腻子是它的后代，不过好几十年都没有人再用它了。

第一次进实验室的时候真的是有启动仪式的。不论男孩还是女孩都穿着白色的罩袍，除了一些离经叛道者或者一心想要表现自己的人，他们才穿着黑色或是灰色的。我们胸部的口袋里放着一把量勺，那就是一枚导引的徽章。传递玻璃容器的时候也好像一场仪式，它如此易碎，且正因易碎而变得神圣。若你摔碎了它，你就要赔付。这是你在学生生涯乃至人生中，第一次要为不属于你却庄重地托付给你的东西付钱（当然是通过签支票）。

一种奇异的生意应运而生。通常玻璃要是不小心被放置在明火上，就会发出一声不祥的“咔嚓”，然后崩裂。如果裂缝比较细小的话，一般你还会假装什么都没有发生过，并希望在把它还给管器材的人时他什么都不会发现。不过要是裂缝太大的话，剩下的残片就要被摆上拍卖桌了，因为它可能还能派上其他用场。比如说，可以给一个搞砸了实验准备工作的人，或是给那些弄碎了待称量的沉淀的人，甚至还能卖给那些因为各种理由想要发泄的人——他以几里拉的价格买下这片碎玻璃，然后会在众目睽睽之下，以最暴力和最嘈杂的方式把它摔向水池所在的那面墙壁。

那个巨大的水池及其四周是熟手们聚集的地方。那儿是抽烟、聊天以及追求女孩儿的地方。不过实验室里的工作，尤其是分析工作是特别严肃，特别需要集中注意力的，就算是在搭讪女孩子的时候，与之相关的焦虑也是很难摆脱的。基本上大家都在那里互通信息，交换建议，或是发发牢骚。

这点很奇怪：要是有人不得不重新参加口试的话，自然，这并不是什么好事，然而他和他小组的成员都把这视作一种运动精神，一场意外而已，不算是什么失败。而且之后他们在谈论起这个闪失的时候，甚至还带着些许的愉悦，就好像是吹嘘自己在滑雪的时候转了个圈似的。不过要是在分析时出了岔子可就糟糕了，也许是因为人总会不自主地意识到，人类的判断（就算是从专业的角度来看）是随意而富有争议的，事物的判断却总是残酷而公正的。这条法则无论何处都是适用的。

谁要是在定性分析的时候“丢”了一种元素，就没什么值得吹嘘的了。要是谁还“发明”了一种元素，意思是说，在那几克神秘的粉末中发现了本来根本不可能存在的东西，那就更不堪了。前者可能是因为分了神或是近视，而后者只可能是因为愚蠢了：看不到存在的东西和看到不存在的东西绝对是两码事。

从各种角度来看，定性分析和定量分析与我们之前所见过的或是做过的都完全不一样。个人的长处于此扭转过来了，不过这和高中时候的体育课堂一样,并非是出于偶然。那些“班里的尖子生”，虽然记忆力一流，在口试中斩获头名，对理论化学错综复杂的细节掌握得巨细靡遗，还能在课堂上清晰地阐述他们的观点，甚至能把他们不懂的地方讲得好像已经懂了似的，有些更是天赋英才，但他们不一定能在实验室里同样大放异彩。在这里需要的是其他的品质:谦逊、耐性、手法、动手能力,以及——为什么不呢——良好的视力、敏锐的嗅觉、长久的耐力和面对失败的韧性。

总体来说，定量分析，也被我们叫作称重实验，是非常累人的。导师、教授或是助教会给每个学生一个装着一定重量的某种元素的小瓶。我们需要让它“沉淀”，换言之，就是照一种死板的方式用特定的方法使它变得无法溶解，接着用过滤器把它们收集起来（这通常要花上几个小时），再清洗、干燥、煅烧它，待它冷却后再用精密秤称量。整个过程中丝毫没有原创性发挥的余地，有的只是对空白时间令人不安的延展,需要一种疯狂的注意力。这个实验一点儿吸引力都没有，就和派发给机器的任务差不多（事实上，现在机器就做着这个差事，比人类更精准迅速）。

那么多年过去了，我现在要坦白，我在1940年的那场定量分析的测验中拿到的好成绩其实是名不副实的，或者说，只是对我模棱两可的小聪明的回报。我想到，可以根据我同学在模拟测验中测量出药剂的结果来编造我自己的，因为我发现，即便是之间有着很小的误差，其结果也一样是“被量化的”：其实正确答案只不过是同一个数字的重复而已。这之中不含任何的隐喻，意思昭然若揭：为了节省时间和精力，教授没有用秤给每一个考生称出属于他的那一份，而是大致地随机分配药剂的。他一定用了滴定管，那是一根有着标尺和刻度的垂直长管，每一个刻度都装载了几毫升溶液。

终于有一天我确认了这一点，我找了个借口进入了那间给学生们准备考题的秘密房间。确实，滴定管就在那里，所有人都能看到，里面还装满了浅蓝色的溶液。只要用我这个方法，任谁都可以非常快速地完成这个实验并且和我拿到同样的等第。不过，我只把这个违禁的发现告诉了几个和我一样拿到高分的密友。

我不知道定量分析的测验到今时今日是否依然如此进行着。如果是的话，我已经把我的经验传给懒惰的教授和学生们了。不幸的是，这个伎俩在化学家此后数不胜数的实际操作中是毫无价值的。自从毕业以来，这个伤心实验中的溶液被替换成了蔬菜、动物或矿物，甚至是商品的原物。自然没有捷径可走，或者至少是没有宏观意义上的捷径可走。

在实验室里，女生要比男生更加轻松。在那个时候，至少在意大利，女权主义还没什么地位，所以女学生们通常能够在家务和实验室工作中找到一种鼓舞人心的连贯性，后者只不过在处方上更为精细一些罢了。以此类推，由此带来的不适也就相应更少。我们之中还渐渐地形成了这样一个让人愉快的习惯：每到五点，大家就把实验玻璃器材当茶具用来喝茶，有时候甚至还有分子实验饼干吃——那是草率匆忙地用淀粉和淀粉酶配置，在用来干燥沉淀的小烤炉里烤的。

除了我前面提到的这些弊病，我相信所有学化学的人都对大学的实验室保有一种美好的怀念。不仅是因为在那里，我们得到了与日常工作息息相关的高强度的锻炼，更是因为每个人在傍晚离开的时候，更确切地说，是在每堂课结束的时候，都会有一种“学会了做什么”的感觉，这和生活教导我们的“学到了什么”的感觉，是不一样的。

先知的神隐

如今讨论隐忧（malaise）的人越来越多了，甚至有专门探讨这个话题的圆桌会议和常会。隐忧确实是存在的，这毫无疑问。但是，这个简括的词语包含了太多不同的情况，在每个城市的程度也都是不同的。要是在有人因饥渴、疾病与战争死去的地方谈论隐忧，那就是一种黑色幽默了。所以，让我们把目光聚焦到我们所熟悉的国家和“居住环境较好”的地方，特别是欧洲。

如今的欧洲人不再畏惧欧洲战争或是内战，也不再受饥饿困扰，而且要是生病了的话，不再会在灰尘中死去，而或多或少地都能寻得及时的救助。他们的孩子有极大的可能性长大成人，会比他的父亲或是祖父活得更好，不过他会面对隐忧，这些隐忧还有不同的名字。它最大的形成原因是，或者说应该是，对核的恐惧。从这个立场来看，这是人类历史上从未有过的局面，因为从来没有过这种情形：只要一个愿景、一个手势就能够瞬间导致人类的灭绝，而且很可能在几周内一并将地球上的其他生物也全部毁灭。

这种恐惧是无形而陌生的。核子并不以我们所能预料的方式来压制我们，因为，但凡我们处在一种毫无准备的全新情形之下，我们都会模糊地设想一种因它而引发的隐忧。但核子的声势浩大，让人很难理性地去理解。它的确存在并且被理论化为“对数学的恐惧”，这种恐惧恰好与数学带来的希望互为悖逆。也就是说，核子的危害因它能够带来的可能性而倍增（相应地，它所带来的好处也是如此）。这种概念也过于抽象，之于我们毫无补益。要是把它的危害最大化，是否能够达到无限大？不，即便再骇人听闻，即便每个人都要经历，死亡都会终结所有痛苦，但其危害终究还是无边无际的。但是它的可能性，依旧是我们所无法臆测到的第二因素。我们对其一无所知，因而下意识地把它默认为最小，无限趋近于零，所以这个产物带来的恐惧才能停留在可承受的范围内，我们才能安心睡觉、进食、做爱、生育、享受足球冠军杯、看电视，或是去休假。我们会做出这样简略的推测（而且可能，甚至就是正确的），完全是因为我们所面临的场景是全新的，我们缺乏能够帮助我们预测未来可能发生时间的唯一凭据，即我们并不知道，在过去的岁月里，它曾在什么情况下发生过多少次。

这种凭据只有在相应事件一再发生的时候才生效。全世界墓地的空位因为战争而紧张，而经验告诉我们，战争总是带来饥饿与瘟疫。但全面的、无远弗届的绝对战争是一个全新的概念，它从未曾发生过，在它面前，我们都是一块白板[1]。全新即破坏，全新即对其可能性的一无所知。我们唯一的希望就只寄托于政治家们终究也会明白，要是选择毁灭的话，他们自己也会一同在这个熔炉中湮灭，和他们创造出的那些系统还有他们的一切一起灰飞烟灭。不过这种希望并非无源之水，它只是我们驱逐恐惧本性的延展而已。

更确切地说，几个世纪以来一直有这样一种不合理的趋

1　原文为拉丁语，tabulae rasae。——译者注

势：我们凡是在面对危机的时候，总是把可能性设想得趋近它的极值，不是零就是一，不是绝不可能就是理所当然。在集中营里我们就意识到了这一点，那是一场何等残暴的社会学观察。要是可以的话，我要引用自己于近四十年前在《这是不是个人》（*Se questo è un uomo*）中写的一段话：

> 如果我们有逻辑能力的话，我们或许会屈服于“我们的命运是凌驾于人类知识之上的”这个事实，因为其中的所有推论都不过了了，显然全是空中楼阁。然而人类在赌上自己的命运的时候鲜有逻辑可言，不论在什么场合下，人总是钟爱极端情况的。根据各人不同的性格，有些人已经迅速确信他们失去了一切，没有人能在此继续生存，末日很快就要到来了；其他人却坚信，尽管当下的生活可能非常艰辛，但救援终将到来，而且离我们并不遥远了，只要我们还有信仰和力量的话，我们还能够重新见到我们的家园和我们所爱的人。悲观主义者和乐观主义者这两个阶层并没有很明确的限定，不过，这不是因为其中大多数人都是未知论者，而是因为大多数人都在两个极端之间游走，与记忆或集体凝聚力无关，而与他们当下的情绪和所遇见的人有关。

在我看来，除了计量的方式略有变化之外，这个处事方法在我们欧洲人如今生活的世界里依然通用。虽然我们已经摆脱了基本需求的束缚，却仍没有摆脱恐惧。很显然，通用一整个色域对我们来讲是非常困难的；一个人要不是信誉卓著，便是言而无信，在这两者之间的，统统以没有信誉概言之。我们都是极端分子，会忽略位于中间的选择，我们不是绝望就是畅快（好比今时今日），却依然活得很糟糕。我们应该抵制这种先天对极端主义的青睐，它乃是邪恶的源头。因为不论是“一”还是“零”都导致了我们的不作为，如若未来的毁灭不是绝无可能就是理所当然，那我们自然会停止考虑“去做什么”了。而现在问题不是出在这儿，而是，核灭绝是可能的，甚至可以说，概率还相当大，它与我们独立或集体的行为息息相关。若是非要说，我们必须要为此做些什么谈何容易，那么我们当然也不该忘记的是，在我们独立地做出政治选择的时候，未来也包含在这双做出选择的手里。未来并非铁板一块，而是可塑的。尤其不该忘记的是那些离权力最近的人，那些政治家、军事家、科学家和伟大的工匠们。如果他们发起了这场天灾，那自己也会被一同清扫掉，这对所有人都有百害而无一利。

因此我相信，我们绝大部分的隐忧都是来自长期以来困扰着我们的，对未来未知的恐惧。就算是在二十年之前，人类的境况也没有像现今这样。彼时我们就已不能算是毫无武装的，或者换句话说，就算是武装薄弱，我们当初也并未意识到这一点。自太古以来，我们就活在楷模，活在辉煌而遥远的偶像的阴影下。并且，我们展现出了一种无与伦比的可变性（以及善忘的能力）：只要有楷模存在，我们就能够忘却旧的楷模，去膜拜那个新的、不同的，即便是与先前那个彻底相反的楷模。老普林尼（Pliny）就曾提到过让人难以置信的许珀耳玻瑞亚人（Hyperborean），那是住在多雪冰寒的理非山脉那一头的人们。他们快乐而长久地活在一个有着永恒之春的国度中（尽管那里的黑夜长达六个月），而且他们只会因为对生命过分的餍足而死去。在法西斯时代，伊甸园、契丹古国和黄金城的故事风靡一时，我们曾把它们当作拥有民主的楷模（其中也没有什么特殊原因）。而当下，出于时代背景和民族脾性，我们又把苏联、中国、古巴、越南和瑞典当作了楷模。它们都是理想中的遥远国度。因为楷模必须是完美的，而一个不存在的国度恰好符合这个条件；去选择一个偏远、不广为人知的楷模再恰当不过了，因为它不会与现实世界产生冲突。无论如何，我们都只是在为自己的需求制造相应的目标罢了，我们的指南针指引的方向是绝对的。

在膜拜楷模的同时，我们也同样敬仰和自己一样，从亚当的黏土中钻出的人类。但我们把他们理想化了，把他们的形象放大得无可比拟,像崇拜神一样崇拜他们。他们无所不知，无所不能，永远正确，他们拥有着推翻自己的许可，甚至可以抹除他们的过去。如今这种谵妄似的拜神似乎不复存在了，不管是西方或是东方，再也没有什么快乐岛，也没有什么魅力十足的领导人了［或许最后的样本要数霍梅尼（Khomeini）[1]了，不过他也没有在位多久］。我们都是孤儿了，都活在孤儿

1　鲁霍拉·穆萨维·霍梅尼，伊朗什叶派宗教学者（大阿亚图拉），1979 年伊斯兰革命的政治和精神领袖。该革命推翻了伊朗国王穆罕默德·礼萨·巴列维政权。在经过革命及全民公投后，霍梅尼成为了国家最高领袖，最高领袖是宪法所创造的一个职位，是国家政治和宗教上的最高职位。——译者注

的隐忧之中。我们之中的许多人，或者说绝大多数人，都开始信仰起了已发现的真理，并发现了这其中的便利与经济性。这是种具有人性却谬误的抉择，所以现在，我们正在为这失败付出代价。我们的未来还未被写好，它依旧是未知的。我们刚刚从漫长的睡眠中苏醒，同时也发现了，人类世界与有常的未来之间是不相兼容的。再也没有能够向我们预言明天的先知存在了。而这种先知的神隐，是一剂苦口的良药。我们必须要在摸索中盲目地建立起我们的未来，必得从最根源处开始；不要屈服于把支离破碎的旧偶像在残骸中重新建立起来的诱惑，也无须再创制出新偶像。

稳定／不稳定

我最近了解到，消防区域中心将会（我猜想是在学校里）发放一万份如何预防事故发生的手册，特别是针对家庭内的火灾，这让我由衷地感到高兴。我还讶异着，为什么之前从来没有人想到要这么做，这当下，一阵突如其来的阵痛让我怀念起了自己先前的那份行当——对火的畏惧与关注充斥着工作中的每一个时刻，甚至在闲暇时刻也不能放松。但是作为回报，这迫使我们时时刻刻都保持警惕，时刻都做好了准备，就好像把我们带回了童年时代，这种畏惧便源于此，并一直保留到了如今：因为那时的房屋都是木制的。

要是谁曾有幸能够因为职业的原因、工艺的需要或是出于消遣而处理过木头的话，就会知道，这是一种特殊的材料，很难和当下流行的塑料画上等号。它有两个重要的秘密：它内部多孔，所以通常材质很轻，而且，它和谷类植物所具有的特点完全不同，只要考虑到一把斧头砍向一块木片，或是将之砍穿的那个画面，这彼此间的区别就已不言而喻了。“丑陋”的木头是不存在的，也不存在没有特殊用处的树木：雪松木能用来做铅笔；椴树能够做成钢琴琴键；轻木则被用来做成远航的舟船，可以一直从南美航行到未知的西部，不过它也可以用来做成椅子，动作明星们在打斗中可以轻易地把它砸烂。

千百年来，木头都是一种建筑材料，一种卓越的“材料”。所以在不少语言中，“木头”和“材料”本来就是同一个词。无疑，一万乃至十万年前的我们的祖先，在还没有学会如何熔炼青铜的时候，就已经学会如何使用木材了。但是，在他们的骨骸边发现过燧石、贝壳、青铜、金银，却从来没有发现过木头（仅除了极为例外的情况下），就是这点引起了我们的注意。

这提醒了我们，木头和其他的有机物质一样，只不过是外表看起来稳定而已。它在使用上的便利与它内在化学上的弱点休戚相关。在我们富氧的环境下，木头的稳定程度，大致就和一颗位于水平架子边缘的一块薄板上的台球是一样的，而且那块薄板只有一张面巾纸那么薄。它确实可以很久都安然无恙，但只要最轻微的推力，或哪怕只是一丝微弱的气流，都足够让它越过障碍落在地上了。简而言之,木头急着被氧化，那也同样是自我毁灭。

它毁灭的道路可以相当漫长，在安谧、冰冷的环境下进行。比如说埋在地底下的木头会通过空气作为媒介，慢慢被地底下的细菌腐蚀掉。它也可以发生在须臾之间,极为戏剧化，只要有热量的来源作为动力，就有了火——在我们这个以钢筋水泥和玻璃搭建起城市的年代，这样的事件已鲜有耳闻，但在过去这是常事。人们对它的记忆依旧栩栩如生，就好像那些木建筑依旧存在似的。多年以前，我曾在挪威住过一家极美的旅馆，它通体都是木质结构，坐落在一片无尽的寂静丛林之中。在每个房间的角落都有一捆卷起来的粗绳，一端固定在地上，另一端则可供自由使用。一旦着火，客人们就可以用它通过窗户逃出生天。

因为木头的天敌是空气，或者说，是空气中的氧气，所以，与空气接触面积越大的木头危险程度自然就越大，比如薄木片、木棍、榫钉、刨花，还有锯末。其中锯末尤甚，简直就是危险之源，所以我希望在上述的那份手册中，千万不要把它忽略了。因为它被广泛地使用在各处，而且通常会被堆放起来，然后像惰性物质那样被束之高阁。然而它可并不是什么惰性的物质，尤其是在干燥的时候。

在我曾经工作过多年的一家工厂里，锯末通常是用来清理地板的。因为我们都知道，它可不是一种值得信任的材料，所以并没有把它存放在室内。有一次我们买了十桶锯末，把它们敞开着存放在一个棚子底下。也没有人想到要给它铺一层罩子，因为清洁工时不时地就会去那里取用一些，而且“我们一直以来就是这么做的”。

那些桶就在那里放了好几个月，直到有一天，有一个领班跑来和我说，其中有一个桶正在冒烟。我跟着过去看了一下，其中的九桶锯末还是凉的，但第十桶正灼热地燃烧着，从顶端升起阵阵恼人的烟雾。我们用铁锹往里挖了几下，在桶的正中间，有一团余烬，它周围的锯末已经开始炭化了。要是我们把这些桶存放在办公室或是仓库里的话，我们整个工厂可能已经付之一炬了。

不过为什么着火的就是这一桶，而不是其他九桶呢？我们讨论了很久，最后决定去实地考察一下那些幸存下来的桶，随之我们发现，这些锯末的品种各不相同。或许它们是来自不同的锯木厂，所以其中所包含的木头种类一定是不相同的，里面也很可能包含其他物质。可是这些只能解释桶里的内容为什么不一样，而无法说明那一桶锯末为什么以这种方式着了火。然后，有人提到了自燃，所有人都松了口气，因为当有人提出一个其他人都不理解的概念时，其他人自然而然地就有了他比别人懂得多的感觉。

我终究把这个故事转述给了当时消防队的领导，一个沉稳而脚踏实地的男人。不，他对于自燃了解得并不多，反而，他认为这是个虚假的概念，一个用来掩盖无知的词汇，就如同物理学中“无源性发热”这个术语一样。不过，他已见过许多像我们工厂这样的例子，不全都是由锯末引发的，有些甚至还酿成了大祸，不过它们的起因都与一些不安分的材料相关。它们的共同点是，一堆静静地被安置着的惰性物质，可能是在阁楼、地窖或是垃圾箱里，在某些几乎无人明白的刺激之下，“回忆”起了它们所拥有的能够破坏周围环境平衡的巨大能量，一言以蔽之，就和那颗架子上的台球的情况相类似。

这种脆弱的稳定性会被化学家冠以“亚稳定”的名称，确实名副其实。而且不仅如此，所有生物，以及一切的有机物质（可能还包括其他物质），不管是自然的也好，人工合成的也好，都会在转瞬之间让我们亲眼目睹它们形态的转变。在一片安宁的天空中，却有蒸汽秘密地氤氲于其中，旋尔变成了云，或是一泊低于零度的寂静水源，在被投入一颗卵石之后，须臾便会结冰。但就是这种将其外延继续拓宽的诱惑使人欲罢不能。基于我们的社会行为更封闭这一点来讲，现今的所有人类，都得被迫习惯于生活在这个一切看起来都很稳定，实际却并非如此的世界里，夜夜在巨大能量（我说的不仅仅是那些核武器库）的包围下无法真正入眠。

化学家的语言 I

尽管化学家的行当不如神学家、酿酒师和渔夫那么历史悠久，但由于这份工作独一无二的性质，他们也感受到了，拥有一种专属于他们的语言是极有必要的。不过，不像其他行当的习语，化学家的语言要不断因其用途而调整。我相信从全局上来看，这为数众多的行话，皆是独一无二的。它不但要能够准确地给出指示，甚至如果可能的话，它还要有能力描述超过一百万种不同的物体（而且这个数字在逐年增长），因为天然或是合成的化合物的数量就是如此庞大。

如今的化学可不是密涅瓦（Minerva）[1] 创造出来的，而是经过三代人劳心劳力地、耐心却盲目地不断实验和犯错之后所获得的成果。通常这些化学家们说的还不是同一种语言，只能用字母来交流。因此过去几个世纪中的化学渐渐被一种可怕的语言杂烩所固化，这在当今的化学之中依然有迹可循。我们先暂且把无机化学放在一边，因为它没有那么复杂，我之后再做讨论。而有机化学，就是有关于碳的化合物的化学同时至少有三种不同的表达方式。

第一种方式最为古老，同时也最为轻盈，最为诗情画意。每一种新发现的化合物都会被赋予一种充满想象的名字，通常都是与首次分离出该物质的原产品紧密相关的。比如像胡萝卜素、木质素、天冬酰胺、蚁酸这样的名字，相当精确地以新拉

1 密涅瓦，又译弥涅耳瓦，智慧女神、战神、艺术家和手工艺人的保护神。——译者注

丁语解释了它产自哪里，对它的构造却丝毫不提。稍微模糊一些的，比如肾上腺素，它是从肾包膜下（ad renes，意思是与肾有关，靠肾很近）被提取出来的。同样的，石油精（只限于意大利语和德语，它在其他语言里有别的名字）也是从一种自然产物中得名的，不过却经历了一场奇异而纠结的化学语言学的历史。苯偶因，这种至少两千年前从泰国和苏门答腊岛上进口来的有气味的树脂，在某一时刻开始不仅用来制作香料，也开始入药了。我不知道这是基于什么原因，可能仅仅是因为这样一个危险的理由：那些有宜人香味的物质"对你有所裨益"。这种树脂和其他香料的生意都被掌握在阿拉伯商人和向导的手里。因为广告的绝对优势，同样也出自与这种贸易同样历史悠久的、保存得完好的商业机密，阿拉伯人是把这种商品以一种美丽的，相对来说却又具误导性的阿拉伯语名字加以贩售的。他们把它称作"luban jawí"，意思是"爪哇岛之香"，然而苯偶因并不是什么香料，也根本不是从爪哇岛来的。

在意大利和法国，苯偶因的第一个音节在一篇文章中被弄错，于是就这么被省略掉了，它的名字就只剩下了"banjawi"，还有好多种不同的发音和拼写，像是"benzoé""beaujoin"或是"benjoin"，最后才被确定为"benzoin"。几个世纪过去了，直到1833年才有一个德国化学家初次想到干馏苯偶因的方法，即在无水的情况下用高温加热它。这种蒸馏方法如今不论在何处都成了化学的纹章式标志，即便现今的化学家早已不使用它了。在那个时代，人们或多或少都下意识地相信，使用这种方法可以将一件物体高贵而"精华"的部分从剩在瓶底的那些惰怠的余烬中通过挥发而分离出来（所以在法语中汽油依旧叫作“essence”是不无道理的）。总之，这就好像是一个灵魂从它的身体中剥离出来似的。其实在许多语言中，代表“精神”的这个单词通常也能够指代酒精或是其他一些容易挥发的液体。

因为德国化学家掌握了“灵魂”,掌握了苯偶因的“精华”，所以它被命名为“benzine”。不过它实际上就是我们今天所说的苯（benzene），但在如今的分析化学的概念里，很难把它与其他在同等温度下蒸发的石油分馏物区分开来，后者就是我们现在所熟知的汽油。在19世纪的前二十年里，这两种产物，这两个名字其实是可以互相替代的。即便是在今天，要是它的毒性没有那么强的话，苯无论如何也算得上是汽油的一种极好的替代品。当时许多游击队开的汽车就是使用苯，甚至是用其他更加奇异、更加危险的燃料发动的，也并未产生什么特别显著的危害。不过有个奇妙的巧合是，1885年发明第一台使用汽油的高效发动机的人也叫作本茨（Benz）。这个名字（至今也仍是梅赛德斯－奔驰公司名字的一部分）也成了工程师卡尔·本茨的发明家生涯的标志。

甲烷这个名字的历史,也是始于分离木头的精华和“灵魂”的干馏。在干馏木头的过程中，会产生成分非常复杂的液体，这些液体会极大程度上因为原料的不同而改变，不过相同的是，其中都包含了大量的水分。不过，其中还包含了一小部分今天被我们叫作甲醇的物质。

另一位化学家，这次是个法国人，在19世纪末提纯了这种“木头的灵魂”，描述了它的性质，并发现它其实和我们熟知已久的“酒的灵魂”十分相似，它的香气与口味甚至比后者更为怡人，只不过极小的剂量就能导致永久的失明。所以这足以证实，追求宜人的香味实则是种极坏的导向。也许他在一个希腊裔的同事的帮助下，把“木头的灵魂”糟糕地翻译成了“methy hyle”，因为在希腊语中“hyle”是指木头，而“methy”大略指的是所有有醉人效果的液体（比如酒、发酵的蜂蜜、蜂蜜酒等）。这个“methy”同时也是古代人对紫晶石的称呼，不仅因为它是紫色的，更是因为他们相信这种宝石有着极强的麻痹人的功效。

从“methy hyle”便衍生出了“methyl alcohol”（甲醇），而这个名字又派生出了“methane”（甲烷）。它们化学性质相似，这是来自不同国家的化学家第一次达成的基本共识，这个“-ane”的词尾则是饱和烃类的标志。接在甲醇后面的是乙醇，来自“醚”这个词；丙烷，则是来自希腊语“protos”（意为第一）的变形；丁烷则来自“butyr”这个词，它在希腊语中的本意为“凝乳”。其他的饱和烃，诸如戊烷、己烷、庚烷等就没那么富有想象力了，它们都是借用希腊语中的数字命名的，与它们各自有几个碳原子紧密相关。

第二种化学语言，虽然没那么充满奇想，但更富有表现力，它是纯粹以公式组成的。比如普通的食糖叫作 $C_{12}H_{22}O_{11}$，又比如说乡村医生很熟悉的 $C_{13}H_{17}ON_3$[1]，这两种分子式既没有

1 氨基比林，一种用来镇痛退热的药物。——译者注

提示我们它的来源，也并未向我们展示它的用途，却表现出了它们的本质。准确地说，这是一种原始的、不完整的语言。它虽然告诉了我们建立这样一座分子金字塔，需要十三个碳原子、十七个氢原子、一个氧原子和三个氮原子，却没有告诉我们这些原子是如何排列的，也没有说明它们在分子中的顺序是怎样的。简要地说，这就好像一个排版的人以他的方式摆弄着在他面前的字母，比如 e、a、c、r，并声称他要表达的是“care”（关照）这个词，但没有借助上下文帮助与参考的读者也可能把它读作“race”（比赛）或是“acre”（英亩），或者还有人会拼出其他的排列组合。这其实是一种缩略式的印刷方式，它唯一的价值（正是针对排版）就是适合在印刷流水线上整洁地被打印出来。

第三种语言包含了前两者的优点，但唯一的缺点就是，它实际上是一种不适合用于普通的印刷流水线打印的“文字”。它试图（或者说期待）向我们展示一幅微观分子大厦的形象与图景，它摒弃了所有语言象征主义的特性，回归了象形语言用图画来叙述的本质。就好比，不再使用“acre”这种写法，而是将对英亩的印象画下或是打印出来。这种方式让我想到了斯威夫特（Swift）在《格列佛游记》（*Gulliver's Travels*）中提到的巴尼巴比国中的学者。他提出，人不应该借助说话来相互理解，而且他建议，用手头的动作来代替文字，因为“这些东西足以表达出讨论中的特定事情了”，这也是我们今天所说的“形代”。换言之，在谈论指环的时候出现指环，在谈论奶牛的时候出现奶牛，以此类推。这个学者认为：“如此它就可以成为一种在所有文明国度中都能够被人理解的通用语言。”毫无疑问，这种客观的，或说被客观化的巴尼巴比语和化学家的结构化的分子式都在可理解程度与国际化程度上达到了完美。然而两者都有着极为不便的累赘，那些郁闷的有机化学教科书编辑一定对此再了解不过了。

自然，除了所谓的图像化外，结构化的分子语言和巴尼巴比语也并不类似，完完全全是一种货真价实的语言，依旧部分保留着语言的象征性。首先，这种图像不是“实体大小”，而是以一百万倍的比例尺放大了的。其次，代替原子本来形状的是代表它们名字缩写的字符，这实质上被证明是可行的，因为原子之间的连字符就阐述并代表了维系着它们相互吸引的力量。

最后，还有一条之于所有图像都适用的基本原理：原本被代表的物体是有厚度的，是有其三维立体结构的，而图像却是平面的，因为打印出它的那张纸依旧是平面的。但是，如果罔顾这些限制，将这些常规下的模型与“实物”相比较（近几十年来通过细微的技巧，摄影画像已经能够实现了），那么它们的相似程度是令人震惊的。以文字表达出来的这些分子，这些微小的图画传达出了推理与实验的过程，十足就像是古代的原子论者在看到一束阳光中舞动着的微尘时所感知到的基本粒子。

化学家的语言Ⅱ

当我还从事化学行业的时候，我饱受了炽热、寒冷以及恐惧给我带来的痛苦，但我从没有想到，在我离开了这个旧行当后，我竟然开始对此有所怀念。当人的引擎像一台空转的发动机般被闲置在空虚时刻，它就乘虚而入了。不过这也多亏了大脑奇异的过滤功能，它仅让快乐的记忆留存下来，剩余的则被它慢慢扼杀了。我最近又重逢了一位曾被关在同一间牢房的老伙计，我们就像是老兵般平平常常地聊着天。我们的妻子发现并指出了这个事实：在两个小时的谈话中，我们丝毫都没有提及任何让我们痛苦的回忆，只谈到了极为珍贵的、让我们感到舒缓的时刻和一些奇怪的场景。

我的桌子前面就放着一张元素表，就是所谓的“周期表”。对此我充满了怀念之情，好像在看母校的照片里戴着小小领结的男孩子和穿着合身黑色罩袍的女孩子们似的，“啊，一个一个我都认得出……”和某些元素之间所绑定的挣扎、挫折和胜利我已经在别处重述过了，它们的性质、美德、瑕疵与怪异我也都一一详述过。但我现在的行当已经变了，那是种与文字息息相关，要以耐心与谨慎把它挑选、斟酌、嵌入句子中的行当。于是对我来说，现在元素成了词语，我对于它的名字和它名字的来源的兴趣胜过了它本身。

所有人都知道，在地球和星星上都自然存在的“真”元素有九十二种，从氢一直到铀（实际上后者的好名声在近二十年内已经丧失了不少）。好吧，要是检阅一遍这些名字的话，它们已构成了一幅图画般的镶嵌细工，它们得名的年代跨越了遥远的史前时代直至今时今日，其中所展现出的内涵可能囊括了所有的西方语言和文明。比如我们神秘的印欧祖先、古埃及、希腊人的希腊、希腊化时期的希腊，还有炼金术士的阿拉伯国度，往昔所有民族主义的骄傲，在如今的战后时代彻底成为一种可疑的国际主义。

我们先从最广为人知也最不奇特的元素氮和钠开始说起。化学符号是对某元素惯常使用的原始名字的缩略写法，通常都是一两个字母。氮和钠的国际通用化学符号分别是 N 和 Na，是拉丁语“nitrogenium”和“natrium”的首字母。从中便映射出了一个古老的误解。“nitrogenium”的意思是“从硝石（nitro）中派生”,而“natrium”的意思是“碳酸钠（natro）的精华”，然而，在古埃及语中，“nitro”和“natro”原本指的是同一件东西。

在这种字体很复杂的语言中，表达元音被认为是多余的（或许是因为在石头上雕刻要比使用圆珠笔书写费力得多，所以缩减元音的使用也能够减少切割石头的工作量），而“ntr”这个辅音的组合通常是表达盐风化的过程的。好比那些从陈年的墙上提取出来的物质，在意大利语里依然被称为“salnitro”，在其他语言里它则有着更富表现力的名字，比如土硝（saltpeter）。然而，被古埃及人从特定的采石场中提取的，被用来制作木乃伊的盐类或矿石，其主要成分是苏打或者说是碳酸钠，而土硝则是由氮、氧和钾构成的。

简单来说，这两者都属于“非彼盐的盐”，均有着盐类的外表特征，可溶于水，无色，但尝起来和普通的食盐有所区别。玻璃匠很快就发现了，在制造玻璃的时候可以用其中一种来代替另一种，使用两者产出的玻璃并没有什么区别。这其实很好理解，因为在玻璃匠坩埚的高温之下，这两种盐都已经被分解了，酸根都已消失，剩下的混合物中基本上只残余盐的氧化物了。希腊人和后来的拉丁人改写了埃及人的文字，以极为随意的标准为其引入了元音，却单单将“nitro”用来特别指代氮的“父亲”土硝，而把“natro”用来表示钠的“母亲”苏打。

为了命名氮这种化学性质非常不活泼的物质，以此为中心的争辩持续了长达一个世纪。大约两个世纪之前，一个法国化学家以可疑的希腊化语言为基础，为其赐名为“azote”（意思为无生机的）。然而在英语国家中，它被称为“从硝石中而生”（nitrogen），而在德语中它又被叫作“窒息之物”（stickstoff）。甚至在化学符号上他们也没有能够达成共识，那些自称发明了它们的法国人，直到几年前仍拒绝使用“N”，而是继续使用“Az”——这个符号直至今日还有一部分人在使用，尽管它颇具争议。

在忆起一系列矿石的名字时，几乎就像是一场直面诸多名人的狂欢。如果从未把自己的名字刻在任何一种矿物之上，好像矿物学家们就不愿意这样听天由命地结束自己的职业生涯。这个“-ite”的词尾就好像是他们的桂冠，比如蛇纹石、方锑石，以及其他成千上万的名字。

而化学家们通常更为谨慎。在我的印象中，我只知道两个新元素，是以发现它的化学家的名字来命名的，即钆［由芬兰人加多林（Gadolin）发现］和镓。后者得名的历史也颇为奇妙。这个元素是由法国人勒科克·德·布瓦博德兰（Lecocq de Boisbaudran）在1875年的时候分离出来的，“cocq”（现在的写法为coq）指的是公鸡[1]，于是勒科克就把他的新元素赐名为“镓”（gallium）。几年之后，德国化学家温克勒（Winkler）从法国人所使用的同一种矿石中发现了一种新元素。那几年德法之间的关系非常紧张，德国人以为镓这个名字是向高卢（Gaul）致敬，所以把他的元素命名为锗（germanium）来扳回一城。

除了这两种元素，只有一部分人名被用来命名最新的、不稳定且比铀更重的元素。人们能够通过在核反应堆里用巨大的粒子加速器来合成它们，不过只能获得极微小的量。它们的名字分别献给了门捷列夫（Mendeleev）、爱因斯坦、居里夫人、阿尔弗雷德·诺贝尔和恩里科·费米（Enrico Fermi）。

还有超过三分之一的元素是根据它们最为引人注目的性质来命名的，多多少少经历过一些语言学上的曲折。所以说，氯、碘和铬在希腊语里的意思分别是“绿色”“紫色”和“色彩”，这种命名法通常和该元素的盐类或气态单质相关，不过也有其他情况，比如说与它在发射谱线中所呈现的颜色有关。还有，钡是“重物”，磷是“发光物”，而溴和锇则是不同程度的两种“臭味”（不过又有哪个有名的化学家会搞混这两种最令人嫌恶的气味呢？！）。

1　公鸡在拉丁语里为Gallus。

依旧是本着这种被我称为描述性的精神，氢和氧的命名，证实了一种合理性与好品位。它们分别意为“因水而生”和“因酸而生”。不过，虽然这场赐名已被法国人拉瓦锡（Lavoisier）捷足先登（而且他的确证实了这一点），德国化学家却不以为然，并用两个适当的译名模仿之：“wasserstoff”和“sauerstoff”，分别指的是“水中物质”以及“酸中物质”，然后俄国人也依样画葫芦地给这对元素起名为“vodorod”和“kisslorod”。

只有三种元素的“叙述性的”名字见证了一种想象力的飞跃：镝（能抗渗透的）、镧（可隐藏的）以及钽。最后那个名称是它的发现者以《奥德赛》中的罪人坦塔洛斯（Tantalus）命名的[1802年一个叫厄克伯格（Ekeberg）的瑞典人发现了钽，因为瑞典是中立国，所以他所选择的这个名字并没有被要求改掉]。坦塔洛斯被淹在没颈的水中，却要永远饱受干渴的煎熬，因为每当他想弯腰喝水的时候，水就会退去，露出干旱的地面。而这位勇于挑战的化学家也同样受着这样的考验，在希望与失望的交替中，他最终成功发现了属于他的新元素。

除了我先前已经提到过的锗，还有大约二十种元素，或多或少地都是以纪念它被发现的国家或是地区而得名的。镏源自巴黎的旧称，钪源自斯堪的纳维亚半岛，钬源自斯德哥尔摩，铼源自莱茵河畔。不过除了这些有名的地名，一个瑞典的无名的小村庄伊特比也值得注意，因为在这个村落里发现的矿石富含了多种未知的元素。这种矿石叫作硅铍钇矿（ytterbite），通过对这个名字里所含字符的不同的排列组合，元素就好像进行拼字游戏时那样接连不断地被创造了出来，它们分别是镱（ytterbium）、钇（yttrium）、铽（terbium）和铒（erbium）。

我特意把那些老资格的元素的历史放在一边，因为早在千年又千年之前的远古时代，在第一位化学家还没有诞生之前，最古老的文明就已经开采过它们，为之赋形了，它们早已广为人知。我说的是铁、金、银、铜、硫，还有一些其他元素。这又是一个复杂却又丰富多彩的故事，同样值得在别处再次被谈起。

写满古怪数据的书

正如法兰切斯科·贝尔尼（Francesco Berni）敢于在诗歌中赞颂瘟疫与小便池，我也敢于宣称通货膨胀至少有一个好处，就是让一百万的价值清晰地展现在所有人面前。现在，与博纳文图拉先生[1]（Signor Bonaventura，一个每次遭遇坏运气都会得到一百万补偿的家伙，是个在20世纪30年代活跃的角色）那个时代不同的形象，几乎在每本袖珍书里都能找得到。从效用上来看，我们想象这样的数字的能力是非常弱小的；凡是谁想要让我们理解极庞大的事物有多庞大，或是极渺小的有多渺小时，都要尝试克服我们体内古老的昏聩；其次还要克服日常语言的匮乏。像天文学和核物理学的科普者对此一定非常熟悉，并总尝试用悖论与类比去弭平这种匮乏：如果太阳只有一个苹果这么大……如果十亿年能够压缩成一天……

这种方法所带来的教育意义游移不定，限制繁杂，且极大程度上和它的高雅程度相关。如果缺乏高雅性，读者又会被读纯数据时经历过的同一种挫败感所击败。为了挑战这种危险，一位年迈的荷兰科学家带着他少年般的无畏踏上了这条对抗悖论的路，想要展示围绕着我们的宇宙是多么陌生，甚至是想展示那些隐蔽于诡谲之下的奇异且受到这种希冀的驱使，以突兀的、比较式的启蒙超越了所有荒谬的界限。

1　博纳文图拉先生，一个孩童漫画书中的人物。

在一本二十年前出版，如今依旧话题性十足的书中，我们的 R. 霍温克（R. Houwink，在聚合物和橡胶领域，全世界最具影响力的学者之一）津津乐道地把天文学、物理学中的粒子、生物学以及经济学中的数百种奇态聚集成册。正是他在《关于数据的怪书》（*The Odd Book of Data*，阿姆斯特丹：埃尔塞维尔出版社，1965）的导言中，提醒我们要把大小的顺序牢记于心。例如纳秒就是在他谈论计算机过度的淡漠时说起的，那是一种时间极短的单位，它之于一秒就如同几秒之于三十年。

天文学就是产生“天文数字”的领域。我们都知道，起码在数量上来说，星星是相当多的。但霍温克的说法更有说服力，且更为好记：地球的所有人类“想要离开”的话，那在我们的银河系中，每个人都有三十个太阳系可选择。亲眼目睹流星对我们来说算是一件罕事，不过要是我们被告知，那些“星”的最重要的组成部分，只是一颗比小米的颗粒还要小的金属或石头粒子，一定还是会感到惊讶。而且每一天，都会有一万五千吨的流星落在地球上，要是这看不见的，可能从我们地球存在起就开始不间断落下的“干燥之雨”没有持续地被雨水冲刷干净的话，那么这层星尘本可能已经堆积达二十米之厚了。

我们无法感受星辰之浩瀚，正如我们无法感受个体之渺小。因此，对我们来说，去理解在一汤匙海水中所包含的分子数和一汤匙大西洋水中的分子数是相同的这件事，是有所助益的。电子绕核子旋转的速度是人类所发射的导弹的速度的十倍，但当周围接上一平方毫米通着一安培电流的导体时，这些电子移动的速度则变得相当可笑：每小时二十五厘米，要比邮局窗口前排队挪动的速度还要慢上许多。那这些电子的直径是多少呢？实际上，对于外行人来说，根本没有去提及的必要。反倒是这么说会更有画面感一些：如果生活在公元前三千年的诺亚就已经开始在一根线上串上电子，以每秒一个，每天工作八个小时的速度进行的话，那么时至今日，这根项链将会有一毫米的五分之一那么长。

我们都知道蔬菜不是从土地，而是从空气中吸收碳元素而成长的，来源正是紧密围绕着我们的二氧化碳。但是获知这种每年从这种方式所获取的碳，同样也是动物和我们人类通过把蔬菜作为食物来摄取碳的唯一方式，是同一时段内我们从煤炭中所获得碳分量的四十倍，也是相当让人震惊的。

最新的研究（理性的也好，非理性或是疯狂的也罢）成果揭示了不少值得深思的事实，证明了人类的未来取决于如何耕种或如何饲育牛犊。每一个人都拥有五公顷田地，但其中有一公顷因为过于寒冷而无法开发，一公顷过于崎岖，一公顷过于贫瘠，还有一公顷过于干旱，所以我们每人最终只剩下一公顷。不过现今，我们只开垦了其中的一半。一个美国农民每小时劳动大约能够产出一百千克的谷物（但我们并不知道投入的资金有多少），要得到同样的产出则需要十七个智利农民、二十四个巴基斯坦农民或是五十个日本农民，而与意大利或是与其他欧洲城市相关的数据则没有被公布。一头丹麦奶牛每年要产出十倍于它自身体重的牛奶，而一头印度奶牛只能产出自身体重两倍多的牛奶，尽管它非常纤瘦，但它的绝对产出也只有丹麦奶牛的十分之一。

某种特定数据的巧合或许不只是机缘巧合：在一片丰饶的牧场中，一公顷土地上细菌的重量和那些刚刚能够维持牛生存的牧场里的是一样的。而一立方厘米的这种土地里所生存的微生物数量大约和世界人口数量相持平，后者的体积加起来大概能够填平英国的温德米尔湖（在我们意大利大概就和奥尔塔湖差不多）。

那些长寿饮食法的拥趸，从饥饿中获得慰藉的人们可能要失望了，因为我们听说在美国有十七个志愿者仅依靠合成的食物过了好几个月。换而言之，他们吃的所有食物都是化学合成的，一切包含动物或植物原料的食物都被排除在外。实验结束时所有受试者的健康状况都非常好。因此，一家规模适中的工厂可能就足以养活一座大城市了。不过这条新闻只部分地鼓舞了我们。我们还希望看到更长时间实验的结果，因为营养匮乏引起的疾病需要一段时间才能被观察到。

就霍温克的视角来看，我们的身体具有某些超现实的特征，此时是以太，彼时又成了黏土。一个踩着高跟鞋的女人在地上借自身的体重所释放的压强和一台高压蒸汽发生器差不多。在一次普通的吸气过程中，从我们鼻间所经过的气流比照蒲福风级，风力能达到两级。然而我们的辅助器官（感觉器官与交流器官）所消耗的能量却异常低下。一个普通人如果每天谈话三个小时，终其一生消耗的总热量都不足以焐热一杯茶，这能量相当于一颗豌豆掉下三厘米的动能，要是完全转化成光能的话，却能够维持如今仍存活于世的全人类的视神经的运作。

我们的大脑是全宇宙最为复杂的东西了，但它所需的能量并不超过点亮一只一百瓦灯泡所需要的能量。而且就拿它和灯泡比较这一点来说，我们还能再补充一条，这些能量中的大部分都消散成了热量，实际上消耗在心理运动上的能量却微乎其微，就我所知，直到如今还没有被计算出来。

从经济学上所获取的每一个数据都可能导致一次小小的痉挛。在耶稣出生那年所投资的一美元，以百分之四的复利来计算的话，现在和十万个实心纯金打造的地球仪的价值相当。不过无论如何，现在仍把金子当作珍贵物质的代表是不正确的:钚要比它贵上三十倍，而中子要更贵上百万倍。不过，要是我能够发表自己的意见的话，我并不建议囤积这两种原材料，因为钚有辐射性，而且有剧毒，投资中子也不是明智的选择，因为它们并不稳定，它们的半衰期大约是十六分钟。意思就是说，要是有人买了一公斤中子的话，过了一刻钟之后，他就只剩下五百克了，半小时后还余二百五十克，一小时后仅剩一百二十五克，以此类推。

我们这种消费主义文明实质上就是一种浪费主义文明。一个办公室文员每天要“生产”两公斤的废纸，其中包含的卡路里比供给他和他妻子一天的量都多。在发达国家里，报废的卡车所失去零件的重量还不到它们总重量的千分之一。且不论作家和司机的薪水高低，用圆珠笔写下一公里的墨迹所消耗的墨水钱大约相当于司机开出一公里的路途所消耗的油钱。

这本书大致描述了两百余种类似的情况。它们或优雅，或怪诞，却无一不富有价值。它们都旨在帮助我们了解我们所生活的这个世界，给予我们更加具体的相关概念。但在很多情况下，“去了解”反而意味着去意识到，对于某些特定的东西或是特定的现象，我们是无法为其构建一幅图景的（关于某些宗教之中的神同样如此）。我们的想象是有尺度的，我们无法强迫自己去超越它的限度。传统物理学同样也是有尺度的，下到原子核，上到星际空间，不同的物理学是必不可少的。而直觉不再是帮助，反倒成了一种阻碍。像我们这样的外行，唯一能够让我们超越自己的边界，瞥向更广阔世界的东西就是这些“古怪的数据”。它们并非科学，却是促成科学发展的一种激励。

书写小说

在二十五年的习作生涯和半真半假的“自传式写作”之后，有一天我决定跨过堤坝，罔顾当下小说究竟是生是死，其生存状况又如何的辩论，尝试着去创作一篇小说。如今这桩事业已经完成，书也已经出版并摆放在书店里了。从这趟异国之旅归来，我心中仍旧雀跃不已，所以，和所有经历过这段旅程的人一样，我想说说在路途上的所见所闻，向我的朋友们“娓娓道来”。我明白这种自说自话的展示会让朋友们感到无聊，不过要真是这样的话，你们只要翻过这一页就行了。

写虚构的东西时，一个人的感受到底是如何的呢？书写看得到的东西要比书写自创的东西容易，却也更无聊。这是种记叙式的写作，你随着一条线索挖掘近期或是远期的记忆，把样本一一安排好（如果你有这个天赋的话），为其编目，然后举起一台差不多像是思维相机的东西开始照相。你可以成为一名平庸的、优秀的，甚至是“艺术气息浓厚”的摄影师。你可以美化你描摹的事物，你也可以从客观、恰当、真实的角度刻画它，或者你还可以赋予它一个扭曲、苍白、模糊、失焦、过曝抑或欠曝的形象。不过无论你的导向如何，你的手始终都与事实相携，你的脚都踏在实地上。

写小说则不同，这是另一种超写作。你不再脚踏实地，而是满载着开拓者的情绪——恐惧和热情，驾着一台以帆布、细绳和胶合板搭成的双翼飞机在空中翱翔。再好些的，则坐在被切断系泊线的热气球中。即便之后注定会越来越受局限，但你的第一感觉仍旧是无限制的，几乎无限的自由。你可以任选你喜欢的题材或事件，悲剧的、幻想的或是滑稽的，月亮上、太阳上甚至是冥王星上的都可以。你可以把时间设定在创世纪的那一天（或更早之前，为什么不呢？），也可以设定在今天，或是遥远的未来也未尝不可，你能够根据自己的愿望来选择。你亦可以随心所欲地安排故事发生的场所：在你自己家的起居室，九天之上，帖木儿的朝堂中，一艘渔船的小舱内，一个血红细胞里，一座矿脉的最深处或是一家妓院里。总之，它可以发生于你所听到过，看到过或是读到过，在电影或是照片中见到过的任何地方，甚至是空想的、虚幻的，幻想哪怕是无法想象的地方都可以。

整个地球都属于你，连宇宙都在你手中。要是全宇宙你都嫌局促的话，你还可以再自创一个让你满意的新宇宙。若它也符合常识和物理规则，不错；要是不符合的话，那也很好，甚至可能更有趣。反正无论如何你都不会引发天灾人祸，最多有些不值一提的读者会给你写信，礼貌地表达他们的失望和不满。总之，除了你浪费掉的那些时间，你冒的风险不会比在课堂上写作文的那些学生们更大：大不了就拿个坏成绩而已。这难道不是一场极棒的交易吗？

不过要是说到虚构作品中的人物，就要复杂一些了。关于作者、读者和人物之间的三角关系的这个主题，无数的书中都提到过了。不过我既然已经也成为其中的一分子，就不揣冒昧地谈谈我对此的想法，不过只是略述己见罢了。在选择人物的时候，最开始时你也拥有着无际的自由。抽象地来说，你对此拥有着绝对的权力，这个地球上还不曾存在比这个还过分的独裁。你能够将他们塑造成侏儒或是巨人，你可以折磨他们，摧残他们，杀死他们之后再让他们复活；你能够赐予他们美丽、永驻的青春和力量，赋予他们你所不具有的智慧，还有无时无刻的欢愉（不过你有这个能力让你的读者对此不厌倦吗？）、爱、财富以及天生的才能。不过这也只是抽象地说说，你和他们的关系之紧密，要远远超过你的想象。

所有的这些幻象都是源于你，流着你的血液，不论优劣。他们是你自我的绽放。说得难听些，他们是监视你的间谍，泄露出一部分的你，同样还有你的焦虑，就好像那些玻璃流苏就是用来披露它之后的那堵墙上的裂缝注定是要越来越大的。有很多方式来表达出“我”这个概念，而当你让你的人物行动或是说话的时候，就反映了你正在做的事情，因为他们很有可能说得太多。或许他们会比你生存得更久，让你的恶习与谬误成为永恒。

书中的人物在现实中都是奇怪的生物。他们无血无肉也没有骨骼，还不若一幅画作或是夜间的一个梦境真实。他们没有实体，只有白纸黑字描述出的形体，但你可以与他们共度时光，与他们进行穿越时光的交谈。你可以憎恨他们，喜欢他们，甚至爱上他们。他们之中的每一个都拥有相当多的权力，并且知道如何去享用这些权力来使自己脱颖而出。而此刻，你作为作者的自由显然只是表面上的。当你构想出了你的小人儿之后，你要阻挠他。你想要让他做出违背他性格的行为，或是要禁止他做出与他自己相匹配的行动的时候，你就会遭遇抵抗，虽然这个过程是沉默的，却毋庸置疑地进行着。这就好比你强迫自己用手去触碰一块烧得红热的铁，或是其他让你厌恶的东西。而他，这个非存在的人物，实质上是存在的，是有重量的，他在半推半就中推开你的手，沉默而执拗。要是你坚持的话，他会变得痛苦不堪。他会放弃，不再与你合作，甩给你几句台词，随后便失去了形体，变得平面、瘦弱而苍白。他本就是纸，又再度回归了纸中。

在另一方面，作者意向的自由也同样只停留在了表面。就如同把一个真人完全转化为一个角色，为其塑造一个客观而不失真的自传式形象是不可能的一样，不依靠作者的想象，不参考作者知晓的其他人物与角色的碎片，而凭空将一个人物创造出来也同样是不可能的。

千年来的文学已经向我们展示了第一种不可能性。即便是在最优秀的文本中，书写出的画像也始终是有界限的。整部《奥德赛》都没有能够给我们一个完整的尤利西斯的形象，更遑论其他以经典模式创作出的小说和纯粹的自传了。哪怕作者竭力地为人物描画着他的身高，他头发与眼睛的颜色，他的肤色，体型，他说话、大笑、打手势时的样子，即便如此，他都不曾存在过，从不。由于我们表达方式无可避免的匮乏，这始终只是一种拟态罢了。电影与电视则达到了更为接近且细致的拟态，实际上，影像与书写出的图像相比，更能为我们描摹出已死之人的形象。它使我们感到讶异：这些我们在屏幕中看到的，会说会动的人其实并不像是完全死了。要是全息图像能够做出三维影像的话，我们将会更瞠目结舌，就好像被黑魔法击中那样。试图把作家和这些媒体相比简直是浪费时间。

但是，凭空创造出一个人物的不可能性在我看来绝对是板上钉钉的。我先前也提到了，作者不可避免地会将自己的形象（不管是有没有意识到，不管是愿不愿意，有时候他会在写完这部作品的多年之后，重读曾写下的文字时方才恍然大悟）融入这个人物中。但是剩余的那些不属于他自身的部分，从来不可能是完全虚构的。它同样也混杂在记忆之中，一样也是下意识的或是无意识的，和自身意愿无关。那些你天真地认为是以你一己之力自创出的人物其实是一头奇美拉[1]，是一扇精雕细琢的花窗，是在某些神秘的时刻之中，于你记忆的某一间阁楼中迅速地一闪而过的快照。总而言之，它就是你认为值得付诸笔下，让它变得真实可信的聚合物，但我不相信，有谁能够为在林林总总的冗杂事物中整合出一个机体创造出相应的法则。

同样，你也可以诉说消极的故事。你的人物不一定非要是高尚、有魅力或是聪慧的，他也没有坚持自我的必要，而且正因为如此，人物才显得更为真实。前后太过一致的人物的行为是可预测的，这也就是无趣的代名词：他没有自己的脉动，他是被设定好的，没有自由的意志。他必须要和我们一样多变，心情会变化，也会犯错误，迷失自我，但会一页一页地成长，或是消失。若是他从头到尾都一成不变，就不

1　奇美拉，希腊神话中狮头、羊身、蛇尾的吐火怪物。——译者注

再是对生物的模拟了，而是对雕塑的模拟，那可算得上是双重模拟了。

当然了，在这种易变的背后隐藏着更深层次的恒常，如何界定它，已经超出了我的能力范畴。而它是否被人认同，则要在写作完成之后才能知晓，而这个信号是由读者之血所给出的：它时而为琐事而流得更温热，时而流得更快速。

弗朗索瓦·拉伯雷

有些书让我们爱不释手，却又无法说出为什么。在这种情况下，只要再深入地挖掘一下，也许这种亲和力就毫无悬念地被揭示出来了，它可能和我们自身气质之中最不明显的部分休戚相关。但又有些书，常年陪伴在我们身边，甚至与我们相伴一生，那原因就非常清晰明了了，且很容易就能用语言表达出来：是出自我们对它们的敬重与热爱。此处，我想要提的是弗朗索瓦·拉伯雷（François Rabelais），我的导师[1]的这本《巨人传》（*Gargantua and Pantagruel*），这同时也是他唯一的巨作。这本书的奇特命运非常出名。拉伯雷，这位僧侣、医者、哲学家、旅行家和人文主义者，出自对生活的热爱，为了填补农闲时的余暇，才决定着笔写这本书。因为本来没有任何计划，将近二十年内，这本书便慢慢地成长、茁壮，结果篇幅竟超过了一千页。它积累了许多以自由奔放的想象力编撰成的最奢华的想法，其中一半属于活力四射、叙事诗般的插科打诨，另一半则充满以十足的文艺复兴精神强化了的蓬勃向上、机敏谨慎的道德意识。在每一页中你都能偶遇对立的、发人深省的、低俗的或是青涩的大胆谩骂，而同时又能读到从拉丁语、希腊语、阿拉伯语和希伯来语文本中引用的（不知道是否道地，这些话几乎都是根据记忆）佳句，能一睹庄严和谐的演说演习，瞥见让人捧腹大笑的亚里士多

1　原文为法语 mon maître。——译者注

德式的精妙，还能感受到对纯粹生活的人的诚恳拥戴与见证。

坊间对本质上并没有接续性的文本以及其中频繁出现的语言学上的难点本身就怀着严苛的责难，再加上作者在书中对罗马教廷进行了辛辣的讽刺，因此《巨人传》一直以来受众群较为狭窄这件事就不难理解了。也正因如此，才会有人尝试着让它继续流传下去，把它肢解并改写成儿童文学。不过我只想翻开它，在它之中寻找到一本我们今日依旧可读的书，我指的是一本所有时代都能够读的书，永恒的书，其中的内容无论何时都能被理解。

人类喜剧通常会涉及的最基本的题材它都没有涉足，相反，在这部作品中找不到传统的诗性文字，没有爱与死亡，没有宗教，也没有已注定的命运。在拉伯雷这里，没有痛苦的自我逃避，没有深思熟虑，也没有反躬自省。他的每字每句中都栖居着一个不同的灵魂，或异想天开，或外向，但本质上都是创新者与发明者（而非乌托邦主义者），都是大大小小事物的发明者，也同样是乡村集市即兴的“拉客者”。无论如何，《巨人传》的不断再版绝对属于偶然。众所周知，这本书有一个不知名的旧版，但它已失传好几个世纪了。它是一部民间故事集——《巨人高康大传奇》（*Chroniques du grand géant Gargantua*）。

但这两个王朝中的巨人并不只是一堆肉山，也不是荒诞的饕餮酒客。矛盾的是，从尼姆罗德（Nimrod）到歌力亚（Goliath），他们既是向朱庇特合法宣战的巨人的模仿者，又是开明的君主，还是喜悦的哲学家。在庞大固埃

（Pantagruel）源源不断的灵感与总挂在脸上的笑容中，世纪之梦慢慢实现了。一种辛勤、高产的人性慢慢地从黑暗中浮现出来，坚决地走向和平繁荣的未来，走向拉丁语中所描述的黄金时代。不是过去也不是遥远的未来，而是近在咫尺。理性之路非但没有被地球上的力量所阻碍，反而在外忧内患中依旧保持强大。

这并非是牧歌式的希望，而是一种刚强的理所应当。这足以让你渴望它，世界将属于你：足以让你拥有教育、公正、科学、艺术、法律，以及古老的楷模。上帝是存在的，不过仅限于天堂里。人类是自由的，而非被注定好的，因为人类才是自我的建设者[1]，所以他必须且有能力支配作为神赐的礼物的这个地球。因此，这个世界才如此美丽，才充满了喜悦，不是明天而正是今日。因为知识与美德所带来的瞩目的快乐，每个人都能够拥有，而且就算是身体上的愉悦也同样是神赐的礼物，是醉意盎然的铭文，是“神学”中的一段酩酊大醉，也是一种不倦怠的感官享受。爱人类就意味着爱他们的全部，灵与肉，翻肠倒胃[2]。

帕努西（Panurge），书中唯一一个有着人的尺寸，也从没有进入意象与寓言范畴内的角色，却反而是一位特别的英雄，是个无休无止、好奇地追索着人性的浓缩体，和庞大固埃相比有过之而无不及。这个角色应该是拉伯雷为他自己设

1　原文为拉丁语 faber sui。——译者注
2　原文为法语 tripes et boyaux。——译者注

置的，他那现代人的复杂性，他的对立，都被巨细靡遗而华美地记叙下来了。帕努西：庸医、海盗、书记，在骗人和被骗中摆荡，“除了在危险时刻”都勇气十足。他饥饿，无耻而浪荡，在他出场的那个场景中，动用各种语言，不管是活着的还是已经死去的语言乞讨着面包，帕努西就代表着我们人类。他不是一种示范，也不是一种“完美”，但他就栩栩如生地代表着人性，因为他追索，他犯错，他享受，而且他洞悉事理。

如果这种荒唐、异端而世俗的教义与新教的教义相调和，从来未被拉伯雷这个灵魂的牧人所拒绝、忘却的话会如何？但是，这两者根本无法调和，人类这种被悬在天堂与地狱之间，悬在虚无与无限之中的处境实在太固化了。拉伯雷自己的非常生活，就我们所知，是对立的集合体，也是诸多活动的涡流，而且彼此之间明显无法相互兼容，这与他作者的形象也不相符，而他的作品从传统意义上将他重构了。

他，方济各会的僧侣，然后（四十岁的那一年）成为医学院的学生，里昂医院里的医师，科学书籍和流行年历出版者，法理学、希腊语、阿拉伯语和希伯来语学者，不懈的旅行者，天文学家，植物学家，考古学家，伊拉斯谟（Erasmus）的朋友，维萨里（Vesalius）在学习人类尸体解剖学时的先导，被限制最少的作家之一，同时还是默东（Meudon）的策展人。在他的一生中，他享尽了作为鞠躬尽瘁、无法接近之人的美名，而他身后（有人会说，那是故意的），却留下了一个感性之人的形象。我们离得太过遥远，都是斯多葛学派思想中黄金的对立体。拉伯雷式的教育是极端主义者的教育，是种道德的过量。不仅仅高康大和庞大固埃是巨人，不论是篇幅还是广度，这本书本身也是一个庞然大物。这种庞大与超凡是功绩，是狂欢，是讽刺，是对神话与历史的粗暴对待，也是词语的堆砌。

比其他事物更为庞大的是拉伯雷和他笔下的造物获得快乐的能力。这种描述心满意足的肉身之奢靡无际的叙事诗从另一条路线不期地到达了天堂。因为人类感受快乐就如同感受爱一样，他过得很好，所以他便感激造物主创造出了他，于是他得到了救赎。其余的那些，被极为博学的拉伯雷描述为太过天真无邪，而能够解除一切智慧校验的肉体，因为它们健康而清白，就如同自然之力一样让人无法抗拒。

为什么拉伯雷离我们那么近呢？他肯定与我们不同，但他一定比如今的我们更富有美德，比我们缺少的则是悲伤、桎梏和厌倦。他是接近于我们的一个楷模。因为他让人愉快的好奇精神，引人钦佩的怀疑主义，对明天与人类的信任，还有他写作的方式，都与规范和条例大相径庭。或许我们能够把他的这种行为追溯到他的《泰勒玛修道院》（*Abbey of Thélème*），“为自身乐趣而写作”，这条箴言如今极为成功，在斯特恩（Sterne）和乔伊斯（Joyce）处尤为明显。解除一切清规戒律，跟随想象力的线索，就如同嘉年华中随心所欲的迤逦行伍，每一回都不相同却又如此激动人心。他与我们相近，主要是因为在他对尘世欢愉不羁的这种勾勒下，我们感受到了恒常、坚固的意志是通过丰富的经历而成长起来的，而生活并不只是如此。在他所有的作品中，很难找到一丁点儿忧郁。拉伯雷深谙人类的苦楚，却对此保持沉默，因为他也是一名出色的医生，当他写作的时候，他并不承认它，而是想将它治愈：

写下笑声比泪水更好
因为笑声更适合人类。[1]

1 原文为法语 Mieux est de ris que de larmes escrire/Pour ce que rire est le propre de l'homme。——译者注

琥珀之力

要是用琥珀去摩擦衣服的话，就能产生小小的奇异现象。你会听到“啪”的一声，在黑暗中还能看见火花，细草与碎纸屑都会被吸引过来，疯狂地在近旁舞动。在希腊，琥珀被叫作“electron”。直到大约 1600 年，这种反应都没有在研究其他物质的时候被发现，所以，它才一直被叫作“电反应”。去给一件事物命名，就如同给一座岛屿命名那样喜人，但同时也很危险。危险在于，人们慢慢开始认为，命名者会关注该物体的一切，一旦被命名之后，所有相关的现象也一并被解释清楚了。

进入 19 世纪之后，不再有人对琥珀的这种小把戏疑心重重，认为它是一种需要解读的征兆了。它曾是一道神秘力量的领报，能够改变世界的面貌，幽幽的火花则与闪电共享同一种天性。不过，在所有的西方语言中，“电力”这个说法还是保存下来了，它的意思是“琥珀之力”；只有匈牙利人为其造了个更符合逻辑的新词，叫作“闪电之力”。

如今，所有人都知道，电效应可以通过摩擦特定的固体来获得，不过要稍加强调的是，在相似的情况下也可以通过液体与固体之间的震荡来获得。我是在多年前某一个极戏剧化的情况下得知这一点的。

那是一个夏天。在工厂的院子里摆放着一个装着十吨溶液的罐子。一个工人举着个容器向它走去，他其实想要把它灌满，而且他和其他人已经这么做过好多次了。他拔出了罐子的塞子，结果溶液立即裹挟着火焰向外倾泻了出来，就像是从喷火枪中冒出来似的。那个工人赶紧把手中的容器扔了，跑去拉响了警报。不一会儿液体就从罐子里涌出来了，地上很快就形成了一个熊熊燃烧着的火坑，且迅速地蔓延，很快便气势汹汹地侵入了生产部。

这场困境恰巧被一个勇敢且经验丰富的人当场解决了（真是所有人之大幸）。他成功地钻入了火焰与罐子之间，并把塞子重新拧上了，此后火慢慢地自行烧完，并未造成过大的损失。这场常见物质突发的燃烧似乎神秘而离奇，但之后我在一本专门的教科书中找到了解释。某些含有非常纯净的烃类的液体，在特定条件下在以一定速度通过导管流出的时候会带电。

在那个罐子和塞子之间，实际上有一段颇细的管子，工人一定是突然拔出了塞子，液体在流过短短的通道的时候便带上了电。那天，该溶液是第一次从这个罐子中被抽出，不过时间已经不早了，太阳已经出来了，所以液体在管子中停留的片刻，便足以让它升温到超过了燃点。那时候一定会有小小的火花出现，或许就是在液体和塞子接触的那一瞬，于是火焰便一触即发。

这种微妙的危险，虽不明显，却又不普通。我们要如何避免它的出现呢？根据书中所写的，为了规避由“琥珀之力”引发的风险，要在调配溶液的时候将烃类的比例缩减到最小，这样它就没有足够的导电性了。不过该方法鲜为人知，即便在制作溶液的人当中也是如此，这着实让我们感到奇怪不解。不过无论如何，我们确实使用了上述的方法，不管是不是因为这个，同样的事情再也没有发生过。

不过在另一个场合，由于过分的热忱与无知，我自己差点儿就要引发这种力量了。那是某年 12 月 31 日的早上，工厂已经关门了。保管员让我赶紧去一趟，在入口前的路上，满满一拖车的汽油倾倒在那里了，他不知道该怎么办。我告诉他赶紧打电话给消防员，而且我也马上赶过来想想办法，这成了我的一个特殊新年夜。

我看到的场面糟糕透了。卡车司机漫不经心且无所畏惧地把拖车同样也满载着汽油的前面那部分解了下来，就这样带着它消失在雾中了。而拖车就侧倒在工厂对面的那条街上，汽油从它的接驳口处（这么看来，肯定是没有拧紧，要不就是盖子被拔掉了）汩汩地冒了出来。天气非常寒冷，所以它并没有蒸发，却流到了周围的草坪之中。

不一会儿，消防员就来了。我们商量了一下，首先要做的事情就是要把拖车抬起来，不过我们需要一台起重机。他们打电话给总部要求支援一台起重机，而我说，在汽油蒸发的情况下使用起重机提起拖车在我看来非常危险，因为钢铁互相摩擦很可能会产生火星。于是消防员提议把一切都覆上泡沫，拖车、街道，还有整片草坪，而且这在一瞬间就完成了，草坪变得一片雪白，异常美丽。

当我们等待起重机的时候，汽油还在不断漏出来，流到那层泡沫的底下，另一种危险的可能闯入了我的脑海。要是等到油箱倒空，空气就会代替汽油充斥于其中，但是这种空气将成为一种可燃的蒸汽，这可能形成一种易爆的混合物。

而且在举起重物的操作中，无法完全避免这种或那种产生火花的可能性，比如说活动扳手的冲力，或是汽油本身向外倾倒而产生的摩擦力，谁知道里面有没有什么特别的添加剂呢？

我和消防队长说，最好让这个容器里充满不活泼气体，成为真空。我们在工厂里有许多作为灭火器的二氧化碳，我们可以小心地举起容器口，通入二氧化碳，再将其缓缓放下。队长接受了我的建议。现在已经入夜了，我们开始在泛光灯的照明下开始行动。我们在半满的油箱里（里面还有半箱油，它因为拖车倾斜的角度而不再继续外流了）接续地充入了五到六罐的灭火气体，然后我们又把它放了回去。

与此同时，天气变得越来越冷了，雾也愈加浓厚起来。而除了我们之外的全世界都在自己温暖的屋子里准备着新年的庆典，我们感觉被抛弃了。消防员像走钢丝的人一样在泡沫发生器的橡皮软管间上上下下，因为里面的混合物已经冻结了。那辆翻倒的拖车上覆满了泡沫，看上去就像是有着一个世纪历史的残骸。

最终，起重机在午夜前不久来了，同时还带来了一些香槟，我不记得那是消防员还是汽油公司，或者是我们工厂提供的了。这辆拖车被拖走了，我们充满喜悦地拍打着彼此的肩膀，这同样也使我们暖和了一些，然后一直喝到了新年降临——为了庆祝这场行动的成功，也同样为了我们所避免的危险。

两天之后，我才得知我们所躲过的危险远远比我们所想象的更严重。在另一本书中含糊地提到，二氧化碳灭火器仅仅适用于扑灭正在燃烧的火焰，但绝对不能用在预防可燃溶液的燃烧上。二氧化碳是粗暴地从喷嘴中释放出来的，迅速冷却结晶成“干冰”颗粒，这些颗粒会摩擦喷嘴从而带电，并在整体环境变得不活泼前，或者是在灭火器倒空之前，产生能够导致溶液燃烧的火星。那本书还描述了一场发生在荷兰的毁灭性的大火和爆炸，它导致了许多人丧生，而原因正是二氧化碳灭火器的不当使用。

我从这两起事件之中总结出了一条道理。我们的世界变得越来越复杂，所以我们每一个人都需要更精细、更与时俱进的才干。危险的行当有许多，而分析危机（无论是明显的还是潜伏的）的教学应该包含在每一堂职业教育课的绪论中。永远不可能有摒除所有风险或是解决所有问题的可能，但是每一个被解决的难题都是一场解救人类生命与财富，让人类重返健康的胜利。

才干是无可替代的。我们最近也听闻了这么一个恐怖的情节：一个掉入荒井中的男孩在两天慷慨激昂却不得其法的救援之后丧生了。善意、勇气、牺牲精神和临时起意的小聪明并没有什么大用场，反之，在缺乏才干的情况下它们可能是有害的。充满善意的人或许能维护世界的和平，但在紧急事态下，我只能向那些信赖着只有善意可供使用的救援者的人们表示哀悼了。

易怒的国际象棋手

诗人贺拉斯曾坦陈，除了与同样易怒的诗人为敌之外，他几乎可以让一切发生。而诗人们，或者更笼统地说，作家们，依旧是易怒的。这只要去看看围绕着文学奖所发生的事情，或是感受一下诗人对哪怕只有一丝质疑的评论发自肺腑的憎恶就知道了。不过，当读到卡尔波夫（Karpov）和柯尔契诺依（Korchnoy）在梅拉诺，那静静地撕扯着对方的一兵一卒的对弈时，我们才感受到，这些国际象棋手有多么的易怒。为什么这种品质会同时出现在诗人与国际象棋手身上呢?国际象棋和诗歌有何共同之处呢?

常年浸淫在这种高贵游戏中的老手声称，国际象棋这种游戏，即便是业余玩家的对弈，也能够反映人生中的艰苦，是人生严肃的隐喻。而棋手的品质——合理性、好记性与创新能力——也是所有思想者的美德。象棋的铁则是，只能移动你碰过的那枚棋子，落子无悔，再重新移动已经下过的子是不允许的，这简直与人生的不可侵犯性如出一辙。当你的国王，由于你经验不足，注意力涣散，太过激进，或是和对手实力悬殊太大而面临被吃掉的危险（而且“将军”要清晰地喊出来，不可于暗中进行），被逼到一角，最终被俘获的时候，你不可能不从棋盘上感受到它象征的意义。你在经历一场死亡，你自己的死亡，同时，它也是你自行导致的死亡。在慢慢的经历中，你将能够驱除它，变得强大起来。

所以，这种骑士般残暴的游戏是有诗性的。我认为，他们虽然都需要相当程度的锻炼，但这并不是诗人和象棋手易怒的原因。诗人，以及其他或多或少需要创造力和独立工作的职业，都与象棋手在落子时要独自负担所有的责任有着共同之处。这种情况并不常见，或者说在一些其他人类的活动中根本不会发生，不论是在有酬劳的工作，或兴趣爱好之中都不会。举例来说，以单人或是双人出战的网球运动员，就要比团队出征的足球运动员或是自行车运动员更加暴躁，这或许就不是出自偶然了。

仅仅代表自己的人，在自身与其作品之间没有中间人，也没有盟友，所以在面对失败的时候没有任何借口，所谓借口只是一剂珍贵的止痛药罢了。演员可以把失败归咎到导演身上，反之亦然。在工厂工作的人可以把责任推到其他众多的同事、上级和下级的身上，甚至可以赖到“偶然性”、竞争、市场的反复无常和不可预测上。教书的人可以怪教程，怪校长，当然更可以怪学生。

政治家，至少在多头政体中，会经历一系列的角力、碰撞、明里暗里的敌意、陷阱与恩惠，而当他失败时，他有千百种在他人与自己面前为自己辩解的理由。拥有绝对权力的暴君，在对他公开做出的选择负责的时候，在要对那些破碎不堪的目光负责的时候，他同样也需要一管止痛剂。希特勒在他自杀前的一个小时，在诸多下属的团团包围中，狂暴地把他的所有谬误统统推到德国人民的头上，说他们根本不值得自己这么做。然而决定用象发动进攻的人，认为敌方人才凋零，是个进攻的好机会的人，都只是他自己罢了。他没有任何帮凶，连嫌疑人都没有一个，他必须独自为之付出全部代价，就如同在写字台前面对着“渺小的诗句”的诗人那样。就算只是游戏，他也得做一个成熟的成年人。

此外必须要说的是，诗人和国际象棋手都是仅用大脑工作的人，而每当说到大脑的智慧时，我们都会变得非常敏感。坦言别人肾、肺或是心脏功能不佳，并不是冒犯，然而，要是说谁大脑虚弱，就是种冒犯了。被指责为愚蠢，比被指责为贪吃、虚伪、懒惰和懦弱都更让人痛苦，因为每种弱点、每种短处都有各自的辩护者，能够获得修饰，得到美化与升华，愚蠢却没有。

“愚蠢”是一个很强烈的字眼，是种灼人的侮辱。或许这就是为什么，在所有语言，甚至所有方言中，这个词有着五花八门的同义词，或多或少地要委婉一些，其中相当多的词语都是与死亡和性有关的。根据《马太福音》(5：22)所述，如果耶稣认为，所有叫自己兄弟“raca”(意为傻瓜)的人都会遭到审判，所有叫他疯子的人都会受到诅咒，这是适当的话，那就足以说明，他感受到了这些言语伤人的本性。

国际象棋手和诗人都丝毫没有防御，他们将自己裸裎展露出来。每一行诗，每一步棋，都刻有他们的印记。他们没有盟友，也没有帮凶，却有所师从，其先师印在他们的血肉之中，或是曾住在千百年之前的遥远大陆上。然而他们知道，把自己的羸弱怪罪于先师，诿过于他人都是懦弱的行为。所以，当一个人全然赤裸着，皮肤暴露着，只有神经末梢作为装饰，他身无片甲，也没有任何遮蔽、隐藏他的东西之时，自然是脆弱而易怒的。在如今的复杂社会中，我们极少会把自己袒露在他人面前，那极小部分裸露的瞬间并不能算在其中。于是我们会为自己所不适应的赤裸而感到痛苦，就连货真价实的皮肤也会因暴露在太阳之下变得红肿刺痛。

因此，我，一个糟糕透顶的国际象棋手，认为国际象棋要是能够成为一种普及的游戏，会是件好事。就像苏联那样，多年前就在学校里教授并练习它了。总之，如果所有人，特别是立志成为统帅，或是向往政治生涯的人，要是能学会像国际象棋手那样带着危机感生活的话，一定会是件好事。他们会在行动前长考，即便知道每一次落子的时间都是有限制的，而且每一步棋都会引发对手的反制，这虽然困难，却也不是无法预知的。同样，他们也会为错误的一手付出代价。

不过这些品质需要经年累月的锤炼，不论是对个人或对集体而言都是如此。若是时间太仓促的话，它也要为之付出相应的代价，也会让我们变得有些易怒。

伦佐之拳

我必须得承认，我对新书的兴趣越来越弱，而更想去重读已经读过的书，不过这并没有什么可骄傲的，也不是什么羞耻的事。同样的，经年以来，我对认识新朋友的欲望（或者说是能力）衰退了，却更倾向于加固已有的友谊。或许在这个过程中，会发现老朋友又长出了几条新皱纹，或是之前都没有发现过的新的好品行。

重读一本已经熟悉的书，可以这么说，能够将细节不断地放大。就如同某一系列摄影中极为美丽的景象，你可以先从照片中看到一只苍蝇，然后是它长着精细触角和复眼的头，接下来是一只如同水晶拱顶的眼睛，最后是复杂而完整的眼睛的内部构造。要是继续用摄影语言说下去，这种阅读还能带来一种新的光线和视角。说实话，不是所有书都经得起用放大镜阅读的，换而言之，不是所有书都拥有“精巧的结构”。不过那些确实如此的书，为它付出工夫是值得的，而我就喜欢这种书。

我方才重新读完的曼佐尼（Manzoni）的小说《约婚夫妇》（*The Betrothed*）中，伦佐（Renzo）从瘟疫中痊愈后，回到米兰寻找露琪亚（Lucia）的那个著名场景。那几页写得极为出色、坚决，且富含了人类强健而悲伤的智慧。它充实了你，让你感觉，任何一个时代事态都会如此发展：不单单是曼佐尼所生活的那个时代，我们的时代也如是。在许多无意义的质问后，伦佐最后发现，在那个地址，那间房里，他极有可能找到露琪亚。然而他并没有感到如释重负，恰恰相反，他极为烦恼。在这个决定性的时刻，他面对的是一种粗暴而迫在眉睫的可能性——露琪亚是生还是死——“他本可以对一切装作不知，这样他就可以开始这趟旅程，然而现在的他已经抵达了终点”。在医生办公室的门口，每个人不是都感受过同样的焦虑吗？然而只有灵魂敏锐的观察者才能将它压缩在只言片语中，再重新还原在我们面前。

随后，在那段简洁而出名的插叙（一页多一些）中，一位母亲拒绝把自己死去的小女儿交给“大头人”[1]，那些专门掘墓的人——“但是安排得很好啊……看上去装点得像节日一样”——最后她亲自把女儿放上了灵车。这里刻画了虔诚的灵魂所面对的最艰难的问题，问题中的问题，邪恶的根本。这是让约伯（Job）和伊万·费尧多罗维奇·卡拉马佐夫（Karamazov）折磨着自己的谜题，也是希特勒时代的德国最黑暗的污点：为什么是无辜的人？为什么是孩子？为什么神的眷顾在面对人类的邪恶与世界的痛苦悲伤时就止步不前了？这种暗藏于心却未说出口的念想，这充满崇高悲悯的时刻，就发生在米兰因瘟疫而人口凋零的晦暗大街上，而生命唯一的印记便是咄咄逼人、带来不祥的大头人，“他们有的穿着红色的制服，其他的……还穿戴着羽毛和五颜六色的彩球，在数不尽的公众哀悼中，这些不幸的人几乎穿得像节庆时那

1 原文为意大利语 monatii，原意指大头症、以自我为中心的人，后引申为瘟疫时代运送因瘟疫病逝者尸体的人。——译者注

般欢喜。”

正如同马勒勃尔介（Malebolge）[1]旁聚集的恶魔们，大头人也是一个群体，他们也发展起了独属于他们的哲学与准则。他们在自己的灵车旁发现了伦佐，并把他当成“上膏者”，即感染了瘟疫的人。他们之间的对话让人记忆犹新：“你现在是活在我们大头人的保护之下的，这可是和在教堂受到的待遇一样。”“你得了这个鬼毛病真是对了……我们这种生活可是苦透了，可谁会来报答我们……你去周围转转，等这些得瘟疫的人都死光了之后，他们心中肯定希望把我们也都绞死。”而就在这对话发生的前不久，感染了瘟疫的堂罗德里戈（Don Rodrigo）因拒绝被带走，而对大头人们大打出手。其中有一个狂怒而鄙夷地朝他大吼：“啊！你个无耻蠢货！居然敢打我们，嗬！敢打我们这些审判处的忠仆！打我们这些出于慈悲才给你们干活的人！”他们在其他人与彼此的目光中寻求公正，他们是“公职人员”，人民不能没有他们，却还要指摘他们。

让人感到奇怪的是，为何曼佐尼能够创作出如此贴切的形象与比拟，如此精确地描摹出灵魂与山水的精髓（当然了，灵魂也是蕴藏在山水之中的），却在刻画人类姿态的时候变得如此不确信，如此笨拙。我不知道自己的这个看法是不是全新的，也不知道它是否合情合理，不过，正是在上文所提到的这个篇章里，以及接下来的那一页中，我发现了有两个“手势”让人难以置信，甚至是根本不可能的。在伦佐被一群盛

1 马勒勃尔介，意为“恶之囊”，但丁《神曲 · 地狱篇》中，地狱的第八圈。——译者注

气凌人的路人围住的时候，挤出了一条路往外逃跑——“在一路狂奔中，他的拳头在空中牢牢握紧，关节咔咔作响，做好了揍向任何一个挡在他面前的人的准备”。此处，人在奔跑的时候还把拳头在空中握牢，显然是极不自然的。哪怕就是几步路，这也是一种阻力。因为他在跑出第二步的时候又要重新伸起拳头并把它握紧，这完完全全是浪费时间。这让我想起托斯卡纳人的一句俏皮话：“一个母亲在阳台上向她的邻居喊话——‘夫人，既然您的嘴已经张开了，能不能帮我喊一下我的约翰尼，他也在下面的院子里。’”

在逃跑后不久，伦佐决定躲在一辆大头人的灵车里：“他瞄准，一跃而上，他的右脚站在了车上，而左脚还悬空着，两只手则举得高高的。”这可真是张失败的特写，一定是虚构出来的。在跳跃的过程之中，根本没有哪一个阶段可以像这里描述的那样如同一尊雕塑。不过比起曼佐尼那一辈人，由于我们从小就能看到运动时的照片，或许才对此更为熟悉。

在这部小说中，还有其他像这样不真实，被艺术加工过的场景。这让人感觉它是种间接的心理描写，就好像是作者在面对人类的躯干时，尽力为之构造出一幅符合当时审美的图像，然后，在写作的过程中，作者没有描写他目之所及的内容，而是在阐述自己创造出来的图像。伦佐的怒不可遏虽然于他来说显得不太寻常，不过鉴于堂安保迪奥（Don Abbondio）的沉默，这也是合乎情理的。他愤怒地把牧师拖进了自己的房间，想要知道那个反对自己婚姻的暴徒的名字。“然后他弯着腰站着，耳朵和嘴巴挤成了一团，他的双臂在身后紧绷着，双拳握得紧紧的。”

这个姿势描画得非常精准，但不太真实，或者说是修辞得有些过分了。这使我回忆起了默片的表现手法，虽然在我们现在看来它有些怪异和滑稽，但是在那个时代是普遍被接受的。这种手法正是惯例的产物，因为光靠影像没有办法把语言完整地传达给观众，所以代替默片中语言的手势可能会与我们日常所做的手势的意义完全不同。

因为安妮丝（Agnes）出的馊主意，伦佐去向阿兹克卡加布格里博士（Dr. Azzeccagarbugli）这个讼棍求助。出于象征性的敬重，他们给他带去了四只阉鸡，因为没有人能够两手空空地去拜访这位“绅士”。从书中透露出的信息是，这些阉鸡价值不菲，是由饲养专家精心培育出来的，本来是为了婚宴而准备的。“收下这四只阉鸡吧，不值钱的玩意儿！我本来要在周日的宴会上拧断它们的脖子的。”这句“不值钱的玩意儿！”简直是镌刻上了文学与心理学上的完美的双重印章。它总结并包罗了一系列的同情、忍让，还有极为典型的意大利式的玩世不恭。阉鸡没有什么好可惜的，因为它们的脖子迟早会被拧断，这是它们作为畜养的受难者毫无疑问的命运。不，安妮丝辨认，并引申出了其中的象征性含义——阉鸡是清白的，它们承受的只是别人的罪过，“不值钱的玩意儿”并非指的是它们，而是指的露琪亚、伦佐和她自己。

无独有偶，这之后的几句话明显也是艺术化的，然而它们却极为出名，还成了谚语。当伦佐提着这些鸡，粗暴地摇晃着它们的时候，它们悬着的脑袋“还想方设法地去啄来啄去，就好像是这些不幸的伙伴之间一直发生的那样”。不过就是在这段以悲观的天眼书写下的典范性文本中，人类的姿态也同样是不真实的。就算是在饥荒时代，四只阉鸡也最少有二十四磅重，只有阿喀琉斯才能像这里描述的那样，以单手举起并摇晃这四只鸡，这里所需要的是一个能够饰演阿喀琉斯的演员，而非伦佐这样温顺的缫丝工。

在艾诺蒂出版社出版的《约婚夫妇》的序言中，阿尔贝托·莫拉维亚（Alberto Moravia）指出，我们应该从书中阅读到苏联这样“天主式的现实主义”与“社会主义的现实主义”平行的世界。在那儿，文人再雅致的精工巧艺也要服从于政治宣传的旨意，即便如此，由于超凡卓越到了极致，这种匠艺甚至超越、抵消了旨意。这篇评论让我困惑不已，不过当然了，对于一些肢体动作的诠释或许证实了它的意思。

在第六章中，克里司多福罗神父（Fra Cristoforo）对堂罗德里戈的傲慢愤愤不平。在被前者要求断了对露琪亚的念想之后，堂罗德里戈却说，她应该听取他的劝导，接受他的保护。“‘你的保护！’——（克里司多福罗）大叫道，并向后退了两步，骄傲地把重心移到了他的右脚，并把右手放到屁股上，抬起左手用食指指着堂罗德里戈，并用炽烈的目光刺向他——‘你的保护！’”——此刻这个神父虽然离开了，却留下了一座巴洛克式的神父纪念碑。必须重申的是，作者于此处所借鉴的形象一定是非直接的，这一定不是直接从谁的口中讲出来的，而是在某一场戏中一个演员的台词，而且，不得不承认的是，还一定是一个过度诠释的演员。

另一处有趣的场景位于后几页，伦佐的一个极为相似的动作，透露出的目的却截然不同。在露琪亚和安妮丝面前，伦佐气急败坏地威胁着，不惜以失去露琪亚的爱为代价，也要用双手夺回属于他的公义，而两个女人则试着安抚他。“现在他静静地沉思了一会儿，凝视着露琪亚哀求的脸，然后，他突然阴沉地看着她，退后了几步，举起了手指着她，嘴里大喊：‘她！对，他要的就是她！他必须得死！’”这可能是小说中最失真的对话了，给人一种“背景音效”突然被剧场中的表演所腐化，并且还拖着它长长的尾音的印象。

不过曼佐尼是有道理的：或许伦佐在此时此刻向露琪亚灌输恐惧是有作用的，因为她直到那个时刻还拒绝以立即结婚来解决当下仓促的事态。伦佐可能想要“使用一些手段增加（露琪亚的）恐惧，这样好让生米煮成熟饭”。在塑造“人被两种喧嚣所充溢的时候”，曼佐尼看起来想要采取某些叙述性的手法，但在这种喧嚣中读者明显能够读到，作者作为一个天主教徒，对自己笔下的角色可能因爱而成奴的斯多葛学派式的厌恶。

如我们所见，用放大镜来阅读实为一场无情的演习。上帝会帮助那些想对自己的作品如此做的作家们，不过要是这样的话，他一定会被判处无休止地重写每一页，而所有的书的结局就都变成开放式的了。

对蜘蛛的恐惧

我的一个三年级的小朋友曾被布置一篇关于昆虫的小作文，他成竹在胸地这么开头写道："昆虫因其有六条腿而得名。"老师向他指出，要是昆虫有七条腿的话，那么这个名字大概才是对的[1]，而他回答道，六和七之间的差距其实并不大。

那么六和八之间差距可能就要大得多了。很多人，不论长幼，不论男女，不论勇敢怯弱，都对蜘蛛怀着深深的排斥之情，要是问它们为什么单单是蜘蛛的话，他们通常会回答："因为它们长了八条腿。"

我也要没什么好骄傲地承认，我是他们其中的一员，而且我对那属于最让我痛苦的其中一个夜晚始终难以忘怀。我那个时候肯定已经有九岁了，那晚我睡在一个乡间的房间里，里面的墙纸已经开始从墙上剥落了，还把噪声放大得有鼓声那么响。我本来已经快要睡着了，但感觉到有什么东西窸窸窣窣地发出响声。我打开灯，发现了一只怪物：黑色，长满了腿，它正以死神那无常而不可阻挡的脚步从床头柜上爬下来。我找人来帮忙，女仆把这个恶鬼（实际上是一只无害的家隅蛛）压扁了，脸上明显带着满意的神情。由于我居住的城市环境为它们带来了太多天敌，我对蜘蛛遥不可及的恐惧随着它们身影的逐渐消失而被麻痹了。不过最近，在读到《印》上的一篇文章的时候，它又重新复苏了，我说的就是那篇伊

1　这是一个文字游戏。意大利语中昆虫写作"insetto"，而七则是"sette"。——译者注

莎贝拉·拉提耶斯·夸夫曼叙述某种关于蜘蛛交媾的研究。所有蜘蛛，从住在石孔中微小的猩红蛛到驻足在它几何形网正中央的肥胖的十字蛛，都会引发我极特殊的、不合理的反感与恐惧。我敢触碰蟾蜍、蠕虫、老鼠、蟑螂与蛇，要是我能够确定它不会伤害我的话，蝎子与眼镜蛇也没有问题——然而单单是蜘蛛，绝对做不到。这是为什么呢?

我先前所说的那个答案虽是经典回答，却不是真正的答案。很明显，八条腿并不比六条或是四条更为丑恶。即便是我们这些蜘蛛的敌人们也得承认，在我们发出仪式性的战栗之前，我们还会花时间去数数它们的腿:它常常会只剩下七条，甚至更少，因为蜘蛛遇到事故（在街上或是在行动中）的可能性要比我们两条腿的动物高上四倍，而且，要是其中一条腿被抓住的话，它们可以毫不犹疑地轻松放弃它，它们很“清楚”，在下一次蜕皮的时候它们就能长出一条新的腿。不过呢，好像其他的答案却通常并不能使人满意。

有人说他们憎恨蜘蛛是因为它们很残酷。它们确实如此，不过同样也不比其他动物更加残酷。谁都见过猫把已肢解的、奄奄一息的老鼠玩弄于股掌之间好几个小时。之于猫，我们却都能够理解，或许是出于同属哺乳动物的邪恶天性，尽管这种残酷（起码看起来）要比蜘蛛的更加无理，更加骄纵。不过动物是不能成为道德评判的对象的（因为你的所有欲望都诞生自你的天性），我们更不应该尝试着把我们人类的道德准则施加在距离我们那么遥远的节肢动物身上。从受伤或断肢的蜘蛛或是昆虫身上来看，它们似乎是不可能感受到与我们类似的疼痛的，所以我们对那些蜘蛛的猎物的同情都是浪费，还不如换换对象，例如用电孵育出来的鸡，或是那些被人杀害的人类受害者。

还有些人讨厌蜘蛛，是因为它们“丑陋而多毛”。它们中有一些确实毛发旺盛，但是要是毛发那么让我们反感的话，我们又为什么会充满愉悦地去触碰其他长满毛的动物呢？实际上我们喜爱的就是它们的毛发，出于某种奇特的爱，我们还剪下它们的毛，甚至剥下它们的皮，再用它们的皮毛装饰我们自己。再说了，其他毛茸茸的动物，像蜜蜂和熊蜂就不招惹我们的反感。至于丑陋，没有比它更含糊、更有争议的词语了，把它用在人类的作品中才显得比较明智。自然的事物没有丑陋之说，没有任何动物、植物、石头或水是丑陋的，更不要说天上的星星了。把某些被认为有害的动物称为丑(“丑八怪”)，这都是大人教会我们的，然而它们属于自然的丑陋止乎于此。

我们讨厌蜘蛛是因为它们偷袭猎物吗？我觉得这也太道德至上了。要说什么的话，它们的网完全应该被崇拜，它起码不被我们厌恶，或是攻克了我们的厌恶感。我曾看过一窝小蜘蛛孵出的过程，它们方一破蛋，就疾跑到栅篱边，急急地开始织它们的网，这非但不恐怖，反而非常惊人。它们每一只都仅有别针头部那么小，却天生是个大师；它们没有原罪，也没有谬误。它把网编织得像一枚纪念邮票那么大，然后安顿好自己，等待着它微小猎物的来临。它生下来便已成年，它的智慧与它的形体在同一时间被赋予了。它都不用去学校，这又有什么让人害怕的？

还有更为大胆的解释。毕竟，谁能够停止心理学家将潜意识运用在实际之中呢？他们把所有的枪炮指向了蜘蛛。它们的多毛被认定是一种性的象征，而我们对它的反感据说反映了我们潜意识中对性的抵制：这就是我们怎么去解释它的，却也同时是我们想从中摆脱的。

蜘蛛用丝状物把以网捕捉到的猎物包裹起来的捕食技巧，据说已成为一种母亲的标志。蜘蛛是那个不断地包裹、缠绕的母亲敌人，想让我们重返我们出生的子宫，将我们紧紧地固定在婴孩时的性无能之中，把我们重新判回她的权力范围。这让人不禁想起，几乎在所有的语言中，蜘蛛都是阴性的。此外，那些更巨大且更美丽的蜘蛛网都是由雌性蜘蛛织成的，而且雌蛛在交配完毕后就会把雄蛛吞吃了。最后一点以我们人类的视角来看是古怪而可怖的，但究竟为何会从这种观点中衍生出对它们的敌意，这谁都不清楚。况且，几乎没有人亲眼目睹过这一切，而大都是从书中了解到的。

我相信越简单的解释越有说服力。在地中海国家，蜘蛛普遍被认为是有毒的，在西班牙和南意大利，对跳舞病的记忆还恍如昨日。人们相信，被狼蛛或是塔兰朵蛛叮咬之后，人会患上一种致命的疾病，只有通过狂热地跳舞才能将它治愈。而如今已经证实，塔兰朵蛛实际上是无害的，就如同我们国家里大多数的其他蜘蛛一样。然而不会有哪个孩子的母亲，尤其是在乡村中，没有说过“别去碰它，那是蜘蛛，它们是有毒的”。而童年的记忆都是无法磨灭的。

或许还有其他缘由。在角落里、阁楼上的老蛛网是有象征含义的。它们都是遗弃、缺席、凋萎与遗忘的旌旗。它们掩盖人类的足迹，就如同用裹尸布笼罩了它们似的，宛如一双穿过岁月与世纪的手，死气沉沉地将它覆盖。而且你无法忽略那隐秘的过程，这绝对是独有的。蜘蛛的出现，不像黄蜂那样伴随着充满敌意的蜂鸣声，也不像老鼠那样带着闪电般迅捷的决意，而是以缓慢而无声的鬼步无踪影地穿过缝隙。它们常常从漆黑的天花板上垂直地降落在日光灯的灯影中，出人意料地悬在它们充满隐喻的丝上。而且它们在夜间织的网也很诡秘，当清晨我们沿着没人来过的栅篱边的路散步的时候，虽然什么都看不见，却能够感到脸上黏糊糊的。

我个人对蜘蛛的轻微恐惧症是有出生证明的。我还是孩童时就看到过古斯塔夫 · 多雷（Gustave Doré）蚀刻的、但丁的《神曲 · 炼狱篇》第十二颂中阿拉克涅（Arachne）的画像。那个年轻女孩胆敢在编织的技巧上挑战密涅瓦，结果被惩罚变为了异形。在画作中，她“已经是半只蜘蛛了”，而且巧妙地被描画成翻转过来的样子，她那丰满的胸脯让人想要看到她的背部。而在她的背后已经萌生出了六只脚，多关节，多毛而且痛苦不堪。那六只脚，再加上那双疼痛地翻腾着的人类的手臂，加起来正好是八只。但丁跪在这个新怪物的面前，似乎是在凝视它的裆部，一半带着厌恶，一半是在偷窥。

由蟋蟀主宰的小说

阿道司·赫胥黎（Aldous Huxley）在四十年前写下的一篇优雅的散文中，答复了一个想要成为作家而向他征求意见的年轻人，他建议青年买两只猫，观察它们，描述它们。他告诉青年，要是我没记错的话，动物，尤其是哺乳动物，家养的动物更甚，是与我们最为相像的，不过它们更为“肆无忌惮”。要是我们对自己没有抑制的话，那么我们的行为将会与它们更为相似。所以对小说家来说，观察动物是非常有价值的，因为这有助于他们精妙地塑造角色的动态。

不过事情绝非那么单纯。随着动物行为学的出现及其迅速的发展和成熟，我们也慢慢了解到，动物之间并不相同，和我们也全然不类似。每个动物物种都有独特的生活方式，而我们目前所能了解到的这些生活方式，都完美地证实了进化理论。也就是说，它是有利于整个物种的，即便有时并不对每一个个体都有利。动物行为学家和条件反射学家严肃地告诫我们，不要把人类的心理活动机制套用在动物身上，也不要用一种人类化的语言来描述它们。他们的意见确实大体上被采纳了，然而有一种相反的趋势占了上风，即把人类用动物化的语言来描述，或者是竭尽全力在人类之中寻找动物的身影［就比如德斯蒙德·莫里斯（Desmond Morris）在《裸猿》（*The Naked Ape*）中所做的粗浅的尝试］。我认为，并不是所有的人类行为都可以以这种方式来诠释，所以这种方法并无法将我们引领得很远。苏格拉底、牛顿、巴赫和莱奥帕尔迪可不是什么人猿。

综上所述，我必须补充一句，赫胥黎在解释中犯了错误，但这条给他的门徒传授的经验正确得无可指摘。另外，任何人在面对自己最为成功的作品时都会束手无策。这时候他应该意识到，他本该以一种谨慎而独具天赋的动物的视角去审视它，借此，他足以锻炼出能够辨认出人类美德、瑕疵与热情的象征和原质的能力。当然了，这条路上一定少不了他的哥哥朱利安，这位著名生物学家、启迪人心的科普人的倾囊相助。

如果可以的话，我一定会充满热情地按照赫胥黎的建议，在我的屋子里养各式各样的动物。我不仅会花精力去观察它们，更要尝试着与它们沟通。我这么做并非出自对科研的兴趣（而且我也没有相关的教育背景），只是因为对它们的仁爱。而且我相信，借此我一定能够极大程度地充盈我的精神世界，还能从中瞥见一个更完整的世界全貌。然而，因为缺乏条件，我只能怀着永不退减的欢愉与惊愕不断地阅读许多或新或旧，与动物有关的书。我感觉,我从中得到了一种充满活力的滋养，但这和其中的文学或是科学价值毫无关系。或许里面充斥着谎言，就如同老普林尼的书一样，但这丝毫没有关系，它们的价值在于其提供的建议。

这是一种古老的观点，可以上溯到伊索的那个时代（他一定了解不少的动物），那时候所有的极端都发生在动物的身上。比如那时有最巨大的和最渺小的动物，还有极强壮的与极孱弱的，勇敢的与懦弱的，敏捷的与缓慢的，机智的与愚蠢的，曼妙的与丑恶的。作者只需去做出选择，他根本不用去关心科学家说的真理，对他来说，只要以双手捞起这个满是隐喻的宇宙中的一把作为范例就已足够了。正是驶出人类居住的小岛之后，他才会发现所有人类的品质都被放大了一百倍，简直像进入了无比虚夸的合成树林。

这其中许多已然过时，在所有的语言中被用尽了，那些太为人所知的狮子、狼与公牛的品性已经没有利用价值了。但是，现代自然学者近几年来所着手的研究密集而出色，这小小的起步为作家开启了一系列可供挖掘的素材。在《自然》（*Nature*）与《科学美国人》（*Scientific American*）杂志的报道中，还有在康罗·洛伦兹及他门徒的书中所播下的写作新方式的种子，仍旧值得被探索，依然等待着它的造物主。

在夏天的夜晚，我们都曾听过蟋蟀的二重奏。它们种类繁多，每一种都有各自的节奏与音符。雄性发出声响后，离它很远，甚至在两百米外完全看不见踪影的雌性都会发声应和。这种耐心而坚贞的和声，在两位伴侣逐渐接近之时能够持续好几小时，直到它们相逢、交尾为止。然而雌性应和的调子的准确度是不可或缺的，只要一个回答的调不对，哪怕只是四分之一个音的谬误，双方的对话便就此终止了，而雄性就转而去寻找一个新的伴侣，这与它们先天的模式相一致。似乎这种明确的音律共振是避免不同物种间交叉繁殖（这会导致不育，这样“必须复制后代”的目的就无法实现了）的保障。而复杂的求爱仪式据说也是出自同样的目的，它们或精美或怪诞，但各种动物的求偶仪式大相径庭，比如蜘蛛、鸟和鱼类的就完全不同（值得特别指出的是，动物行为学家在描述它的时候，被迫把人类的隐喻引入了他们的术语之中，他们使用的是“求爱”这个词语）。

近来有一个睿智的实验者发现，蟋蟀歌声的调性是能够在一定的连贯度下进行改变的，因为它的频率（说的是音符的声高）是与环境的温度密切相关的。

显然，在自然环境下，雄性和雌性蟋蟀所处的温度是相同的，但只要雌性（或者雄性）的体温提高两到三度，它的歌声就会升高一个半音，而它的伴侣就不会回应了，因为后者无法辨认出前者是否为它的求偶对象。如此微小的环境变化就能导致一种不匹配性，难道我们不是从中获得了可供创作小说的瑰宝了吗？

蜘蛛是一个特别能引发震惊、深思、刺激与战栗的源泉，而且取之不尽，用之不竭。它们是有韵律的、保守到近乎狂热的几何学家。普通的园蛛，或者叫作十字蜘蛛，几千万年之前就已经开始编织它那辐射状的网了，非常对称，图样极其严肃规整。它不能忍受不完美，如果网破碎的话，它不会修补，而是将其毁掉再重新编织一张新的。在研究毒品的过程中，一位生物学家将极小剂量的致幻剂喂给了一只蜘蛛。嗑了药的蜘蛛却也闲不下来，依旧根据它这个物种的习惯立即开始织网，只不过这张网怪异，歪斜而不成形状，就好像嗑了药的人类所看到的事物一样，某些部分特别厚重而相互重叠，犬牙交错。作品完成后，这只精神错乱的蜘蛛窝到了自己织的网的一个角落里，开始等待它不可能出现的猎物了。

众所周知，雌性蜘蛛会在交媾后立即把雄性吃掉，有时这甚至发生在交媾时。其实螳螂也是如此。而在一只雄蜂与未来的蜂后进行过“飞行婚礼”之后，雄蜂也会凶残地把蜂巢内所有其他的雄蜂屠杀殆尽。这一系列充满了黑暗特色的主题唤醒了我们文明人灵魂最深处的庄严的共鸣。

同类残杀在蜘蛛族群中稀松平常。雌性蜘蛛一般都比雄性体型更大，而且更强壮，一旦受精完成之后，它们对待雄性就如同对待它们的其他任何的猎物一样。而雄性并不经常进行防御或是尝试逃走。关于某些物种，我们会说，它们是服从了自然的进化法则：一旦繁殖的任务完成，它们存在的理由就终止了，所以它们生存的本能便从内部熄灭了。然而，要是雄蜘蛛采取防御措施的话，我们则进入一个戏剧化的、狂热的世界，它只能在我们这个社会的边缘才能找到它罪恶、精神失常的人类对手。或者它根本找不到人类对手，但它分享的这种意图与想象，我们的悲剧作家连做梦都没有想到过。

也有在求爱初期为雌性送上礼物的蜘蛛，可能是一只还活着的猎物，或是一只被毒液麻痹、被它的丝线牢牢困住的猎物。这件礼物是受欢迎的，雌性会将它吃掉来填饱自己的肚子，而雄性就等在一旁。这之后雌性不再会感到饥饿，所以它们的交尾就不会以谋杀而告终。而其他雄性在进行求偶时，会在雌性的周围舞动，慢慢地用一簇簇粗厚的丝把它缠绕起来，直到它凶残的伴侣无法自由移动的时候，才充满矛盾地、半怀恐惧半怀渴望地为它授精。还有其他品种甚至以难以置信的前瞻性与肮脏的表里不一来求偶（此时，谁还能够抵制以滥用人类巴洛克式的方法来阐述它的诱惑？）。

在卵孵化的季节，它们会去袭击因未完全成熟而依旧羸弱的雌性，每一只雄性都会绑架、隔离一只雌性。雄蛛用惊人的、能够派上其他千百种用处的丝线把雌蛛捆住，把它囚禁起来，只喂给它微不足道的食物（为的是不让它长得太强壮），为它抵御外来的敌人，直到雌蛛性成熟，雄蛛就在为它授精后将之抛弃。而当成长到力量巅峰的时候，雌蛛可以毫不费力地摆脱身上的桎梏。现在，处在犯罪新闻与喜歌剧模糊的边界的我们，很难不回忆起监狱与牢房之间暧昧而刻板的关系，还有被囚禁的、被迟来的欲望所充斥的、诡计多端的堂·巴尔杜罗[1]（Don Bartolo）与守着锁和钥匙，还豢养着一条未来的“蝮蛇”的罗西娜（Rosina）之间的关系——“tutti e due son da legar”（他们两个都适合被捆起来）。

许多形态各异的动物标榜着它们耀目的颜色，然而它们的肉吃上去相当恶心，或者，它们是有毒的。前者如金鱼和瓢虫，后者如黄蜂和某些蛇类。花哨的颜色是一种警告天敌远离它们的标志，一旦吃过一次苦头，天敌们就不会再次攻击它们了。不过是否也同样存在着与之类似的人类行为呢？大体上，恶人总是倾向于把自己混在大多数人之中，以免被人认出。然而，当他面对法律的时候，他却没有感同身受，也没有去这么做。

1　堂·巴尔杜罗和下文提到的罗西娜都是法国作家博马舍的作品《塞维勒的理发师》中的角色。——译者注我们应该更加关注一下曼佐尼笔下的那些刺客的外表，关注一下军队制服（直到 1900 年还在广泛使用）所运用的极富攻击性的颜色，或者是某些特别脸谱化的服装与面部表情的描写，让人一眼就看出此人是特定犯罪族群（比如说巴黎路霸，或是黑手党的成员）的一员。除了这些例子，我还想介绍一下瓢虫的特性，这是我从果戈理的书里看来的：它疑神疑鬼，对自己，对它的同伴，甚至对全世界都不满意；它满腹牢骚，惴惴不安，穿着从很远处都能看得一清二楚的号衣（或是出自形式主义，或是由于语言障碍），这样它所厌恶的伙伴，很快就能意识到它的存在，并从它的视线中消失得无影无踪。

独守闺中

原文为拉丁语 domum servavit。——译者注

“渠道”一词是从日常的言谈中所挑选出来的，是最切合时下语言日益更新需求的产物。所有人都知道渠道是什么：那是为了强制让水从它的源头流向某处时，建起的两道几乎无法逾越的堤坝。不过这个词语已经广泛地被运用到其他表述有“事物”（可以是液体、一堆粒子、高速公路上的车流、人群，也可以是一笔钱、一团能量或信息流）在有形或无形的堤坝之间做单向、单维流动的动态场合之中了。从这种解释来看，高速公路无疑也是一种渠道，电话中传来的言语也同样如此。不过电视频道就不能算了，因为虽然它的来源只有一处，但终端（电视机的屏幕）有许许多多。因此，电视频道是一种分化极细的渠道，只有它的节目在与其受众之间互相建立起接纳关系，而没有影响到其他无法接受的受众的时候，才称得上是渠道。

邮政的“渠道”值得单独拿出来讨论。在它最初始的发源地（很可能是六千年前的中国），消息必须在可靠的“堤坝”之间传递，意思是说，讯息要在不被他人知晓的情况下抵达最终的目的地。为了保证邮政渠道的隐秘性，无数鼎鼎有名的手法被设计了出来，比如隐形墨水和加密字符，甚至还有更加富有想象力的方法，比如在预先剃干净头发的信使的脑袋上写字，等头发长长后再把他遣送回去，之后收信人只要再剃掉他的头发就能够读到消息。不过，保证隐秘最实际的方法要数封印及其现代化的替代品。要找到适合制作封印的材料其实很容易，只要它能够清楚地刻上印章，可以迅速固化，在相当的温度范围内还能保持印章的图样，然后不要太容易碎裂就可以了。诚然，我们现在好像是在描述塑料，不过一贯作为传统封印材料的是塑料的前辈——火漆（封腊）。蜡和它的原材料其实没什么大关系：它基本上是由虫胶组成的，这是一种值得一谈的、卓越却奇特的材料。

虫胶是两种极富创造力的想象碰撞而成的果实，是将它创造出来的、极度缓慢的自然或说进化之想象，与发现了它广泛的适用范围的、轻灵而迅速的人类之想象之间的碰撞。虫胶真正的制造者是一种生活习惯很缓慢的昆虫，它的日常单一而纯粹，简直是我们今日一再谈论的真正乌托邦生活的再现。雌虫和雄虫自还是红红的幼虫起便开始了它们的职业生涯，肉眼几乎无法发现它们。无以计数的虫子慵懒地在某种特异的树上的小枝桠之间寻觅，直至在枝干间发现了裂纹，它们就会把自己的长吻插入其中，直到刺穿了这颗多汁的树为止。从此刻开始，它们就定居了下来，有了保障，余生不会再有生存的问题了。但是，它们也不会拥有其他经验、情感或是感觉。它们的数量无穷无尽，在一棵树上可能就有成百上千万之多。实际上，“漆”这个词在所有语言中都代表了它的分泌物，极可能是来自古梵语中的“十万”这个词。

十万只细小的寄生虫抽取着树的淋巴液，居住在平静之中，不过就算是再有安全保障的生物都要把自己的后背保护好。它们的对策是一种值得钦佩的化学方法：它们把植物的体液转变成一种既不平庸，也不低贱的树脂——虫胶。它们把它从自己的小孔中分泌出来，不单是它们的后背，连整个身体都被覆盖了。它们把自己包裹得如此厚重，以至于每一只虫的尾部都与它们相近邻居的尾部混合并“焊接”在一起了，这样它们所寄生的那根树干就会被一层紧凑而闪光的脆皮所包裹，一定会吸引人类的注意，即便是在远古时代。在这层脆皮之间，还囚禁了想要捕食这些小吸血鬼的敌人们。其中的雄虫只通过那个供它们呼吸的孔来与外界交流，雌虫则会开出另外一个小孔，那是它们的生殖孔，是用来授精的。

几周之后它们都已经性成熟，此刻，命运开始分岔了。雌虫依然保持着不移动的姿势，因为实质上，它们已经失去了它们毫无作用的脚，就好似古代的模范寡妇，“独守闺中，编毛织毡”[1]，只不过，它们用的是树脂。而雄虫则一直支撑到成熟之后才破茧而出，为许多雌性授精，不过不是通过直接的方式，而是通过之前为此预留的小孔，然后它就会死去。那些雌虫，绝大多数确实已经受了精，不会再离开它们的小窝，但却继续分泌着树脂。它们在这个小窝中产卵，直到卵孵化后，它们也随之死去，幼虫破卵而出，又开始了一场全新的循环。从我们身边的动物之中提取人类的品质是一种历史悠久而毫无逻辑的劣根性，放纵它虽然是有风险的，同时却又妙趣横生。有人或许会说起伊索，“那些寓言能教导人”，不过这么做的风险却大极了，因为这随时可能过时。

虫胶是一种优质的树脂，它透明光滑，能够承受外力与

1　原文为拉丁语，domum servavit, lanum fecit。——译者注

阳光，且气味宜人。除此之外，它还有着其他奇特非凡的品质，对它的原产者的功用不言而喻：与其他的有机材料一样，在湿润的环境下，它的可渗透性不会增加，反而会降低；它就好像一把以分子形态出现的雨伞，在降水的那一刻便随之张开。

第一个发现树胶的人的身份至今仍然是个谜。他一定是千百个无名的达尔文或牛顿中的一员，他们不但闪耀了所有过去的时代，也同样点亮了我们的时代，然而，他们的聪明才智却被耗费在那个不了解他们的社会之中，消耗在了重复而无聊的工作之中。一定会有人意识到，虫胶除了能守护那些把它分泌出来的懒惰而好吃的寄生虫，还能够用来保护其他的东西。它们特别被用来维护信件的私密性，防止信息在渠道中运送的时候被泄露出去，因为那就是自远古以来封印的意义。不过树脂还有其他的功用。在同样久远的古时，它会被融化，与不同颜色的颜料混合在一起，然后被放在小木盒中凝固。之后它们会被用力地按压在车床上的木料上，摩擦带来的热量又会再次将彩色的虫胶融化，最后它们均匀地分布在木料上，“有一个人的指甲那么厚”，让它显得更加光鲜亮丽，还能防止水汽对它们的腐蚀。直到 20 世纪初，印度还在使用这种独特的上漆手法，吉卜林的书中就有此记录。

现在虫胶主要被用作精油清漆中的黏合剂。从上述的这个上漆过程来看，它只能够覆盖圆柱状对称的物体，或是与车床模型相符的物体。要把虫胶当作漆来使用的话，必须要发现一种能够溶解它的溶剂，且要开发出一种让它更加易溶的技术。这个溶剂在19世纪初被发现了，它就是我们现在常见的精馏酒精，而这个如今已经过时的技术，则令人愕然。

为了去除那些昆虫和木屑，树脂被融化后要再用帆布过滤；再次固化后，它们被分隔成重达五至六公斤的平坦块状物体，之后它们会再次被加热至奶油状。此刻，“扩胶者”出场的时候到了：她们绝大部分都是极年轻的女孩，从日出一直蹲到日落，用她们身体的五个部分抓牢树脂块，即她们的双手、牙齿和脚上的脚趾，然后飞快地起身，迅速展开双臂。一张她本人那么高的、有着五边形轮廓的树脂薄片随之散开。它透明，如玻璃一般易碎，然后就会散落成细薄的片状，因而也变得更易溶解。机械般的小女孩们不间断地无数次重复这个姿势，她们的起立就宛若一颗种子绽放成一朵花的过程。它肯定能够成为一幕残忍却轻柔的滑稽芭蕾，从中你能看到那种剥夺了雌虫双腿的玩世不恭的创造力，这种创造力也毫不犹豫地将人类奴役成了工具。作坊这个词语，把人类的嘴退化得如同动物一样，再次成为一种撕咬的工具。

隐晦的作品

没有任何人应该为创意写作设置限制或规则，比如要避免谈及政治禁忌或是原始的恐惧。实际上，一篇文章无论是如何写就的，都不会比一个时不时浮现的念头更加危险。那句对西尔维奥·佩里科（Silvio Pellico）的《我的牢狱》（*My Prisons*）的著名评价，说它危害奥地利的程度据说“比一场败仗还严重”的说法过于夸张。事实是，一本书或是一个故事之中的视角，不论其意图是好是坏，都充其量只是个惰性而无害的客体而已。就算是最为道德败坏的情形（比如，与纳粹分子勾搭的性事，或病态的色情片式的滥交），也只能带来微薄的害处而已，一定要比酒精、烟草和企业压力带来的危害小。而且实际上，今时今日，它们本源上的虚弱在不断深化，因为所有的作品都会在几个月内就被其他后来的乌合之作所扼杀。另外，长久以来默认的规则和限定也在不断改变，充满了丰富而有益的章节的文学作品的历史充斥着以某些原则之名反对的插曲，最后那些原则常常被证实比作品本身更加易逝。从中我们可以推断出，许多珍贵的书，在那些写作的人与规定该如何写作的人之间无止境的拉锯中败下阵来，可能还没有留下踪迹就消失了。从我们这个悲观的世代的高度来看，对福楼拜、波德莱尔和 D. H. 劳伦斯的审判（这可是名副其实的法庭审判），就如同对伽利略的审判那样荒诞与讽刺。那时的法官和我们如今的法官之间的鸿沟是这样变大的：前者只囿于他所在的时代，而后者则鸟瞰所有可能的未来。总之，为叙述者立法这件事，以最概括的语言来说就是：毫无意义。

正因如此，我要强调放弃任何规范性、禁止性或是惩罚性的要求的必要性。此外我还认为，不应该采取隐晦的写作方式，因为一件文学作品越容易理解，其中模棱两可的叙述越少，那它的价值就越明显，扩散与流传开来的希望也就越大。

很明显，绝对明晰的作品需要一个完全清醒的作者，而这与现实并不相符。我们都是由自我与本我、灵魂与肉体，以及其他的核酸、激素、遥远或是近期的记忆和创伤所组成的，所以我们注定从呱呱落地到进棺材都要带着自己的二重身。他是我们的一个无言、无容貌的兄弟，却参与了我们所有的行动，同时也会出现在我们所书写的每一页纸上。众所周知，没有一个作家能够真正了解他所写下的东西，而且所有作家都会偶尔被书评人在他作品中所发现的美好与可怖所震惊，而他们自己实际上根本没有这么写。许多书都从理念或语言上被指抄袭，作者却都信誓旦旦地宣称这完全是出于无意识。有一个事实是无人可以辩驳的：蕴藏于我们所有人体内的未知与非理性的源头都应该被接受，也有权利以属于它的（可以必要地模糊化的）语言表达出来，但这不应该被视为最好和唯一的表达方式。唯一地道的写作方式是“发自内心”的，这并不正确，它实际上是发自我先前已提到过的，所有那些意识的不同组成部分。这个源远流长的看法是基于“心脏是我们‘内部的主宰’，因而不同于其他器官并且比它们更为高贵”这个预设的，同样也基于“每个人心中的语言都是相同的”这个设想，而实际上，它是全然不同的。心中的语言变幻无常，受环境影响，从时间与空间上来说都是无法统一的。它和时尚一样不稳定，甚至属于其中的一部分：两者都无法在同一个国家，同一个时代下保持稳定；要是把两者分开说的话，如果它不是一个个人发明，那它最多只是一句乡音，或是一个暗号罢了。

所以，以心中的语言来写作的人可能不为人所理解。因而，现在正是要问一个人写作之目的的最好时机。（我要说的只不过是个能够被广泛接受的假设。）写作能够沟通，能够传达信息与情感，从一个心灵到另一个心灵，从一处到另一处，从一个时代到另一个时代。而不被任何人理解的人则什么都传达不出去，他独自在沙漠中哭泣。一个准备万全的读者要是碰到这种情况，一定要放心：如果他无法理解文本中的内容，那一定不是他的错，而是作者的错。让希望读懂他的人理解他是一个作家的本职工作。这是他的行当，写作也是一种公共服务，绝对不能让一个愿意阅读的读者失望。

说到读者——我有种奇怪的印象，每当我写作的时候他都陪伴在我身旁——我必须承认我把他略微理想化了。他就像热力学中的理想气体一样，完美得能够以最简单的基本原理预测它所有的特点，然而真正的气体要复杂得多。我的“完美”读者应该不是位学者，但也不是一无所知的人。他阅读不是因为他必须阅读，不是为了消遣时间，也不是为了轰动社会，只不过是因为他对许多事情怀着好奇之心，而且想亲自选择自己真正感兴趣的事物，不想把这个决定委托给他人。他知道自己的才能与教育程度的限制，并以此为基础决定他的选择。而此时此刻，他出自好意选择了我的书，要是无法理解我字里行间的意思，他一定会经历愤怒或是痛苦。然而，我是为他写作的。事实上，我就是**为他**写作的，不是为了评论家，不是为了地球上的掌权者，也不是为了我自己。若他不理解我的话，他会感到被不公正地羞辱了，而我则会充满违反合约的罪恶感。

现在是面对这种异议的时候了：有时候，有人写作（或说话），并不是为了沟通，而是为了发泄紧张、疼痛或是欢乐的情绪，因而他在沙漠中哭泣、呻吟、大笑、欢唱或是号叫。

那些号叫的人，若是有其合乎情理的理由，一定理解这一点：哭泣与悲悼，不论是隐忍的还是戏剧化的，都是有益的，因为它能够舒缓痛苦。雅各为约瑟的血衣而号叫，在许多文明之中，在葬礼时号叫是种规定的仪式。号叫于是成了一种极端的追索，和眼泪一样对个人有益。若是把它当作一种语言来理解，它则太过粗野怠惰，因为它本就不是一种语言。发音不清晰的就不能说成是清晰，噪声就不能说成是声音。出于这个原因，我受够了那些表扬文本（我是随意引用的）“到达了不可描述且不存在的、动物悲鸣的极限”的评论。我厌倦了“拒绝语义”的“稠密的、岩浆般的厚涂法”和那些陈腐的创意。空白的纸面就是空白，最好就称它们为空白；如果国王没穿衣服，就应该诚实地说出他没有穿。

我个人也同样厌倦了埃兹拉·庞德（Ezra Pound）在世

时与身后获得的过度的赞誉。他或许还算得上是位伟大的诗人，但是为了保证自己不被读懂，有几度他甚至用中文写作，我确信他诗歌的隐晦与他对超人哲学的信仰是同根同源的，这也让他先转向了法西斯主义，然后又自我异化，两者都是从对读者的鄙夷中萌发出来的。也许美国法庭判处庞德精神失常是正确的，他一定是位可憎的思想家，这从他的政治行动和他对资本家狂热的憎恨中得到了证实。不懂得如何理智思考的人都必须去接受治疗，同时也应该得到最大限度的尊重，即便是像庞德这种人——他在“二战”时竟然宣传希特勒德国的政治口号，反对自己的国家。但这种人绝不可以被赞颂，被当成榜样，因为毕竟理智优于疯狂。

可描述优于不可描述，人类的词汇同样优于动物的悲鸣。两位最令人无法理解的、以德语写作的诗人特拉克尔（Trakl）和策兰（Celan），先后自杀并不是巧合。他们相同的命运不禁让人相信，他们诗歌的隐晦是一种预先的自杀，是一种不愿存在的意愿，以及一种对世界的逃离，而蓄谋已久的死亡则是他们的桂冠。但他们理应受到尊重，因为他们“动物的悲鸣”有着极为充分的动机：之于特拉克尔，是哈布斯堡王朝在第一次世界大战的涡流中的沉没；之于策兰，则是作为一个在德军的屠杀下奇迹般生还的犹太裔德国人，在无法战胜的死亡面前那无处依傍、无法平息的痛苦。对于属于我们同代人的策兰（1920—1970），我们应该以更严肃、更负责任的态度来讨论他。

显而易见，策兰的诗歌是高贵而充满悲剧色彩的，但令人困惑的是，要去解读它是件令人绝望的差事，不仅对普通的读者，对评论家也是如此。策兰的隐晦既不是对读者的厌鄙，不是缺乏表达的能力，也不是懒惰地把潜意识放任自流，而是真正映射出了他自身与他那一代人的晦暗。从《死亡赋格》(*Death Fugue*，1945)中粗粝的明朗，到他后期诗作中没有一丝光亮的、狂暴的混乱，这种隐晦在读者周围越来越厚重，就好像用一把冰冷的铁钳攫住了他一样。它在字里行间变得越来越深沉，直到最后一句口齿不清的呓语，像垂死之人口中的呼啸般让人惊惶不已。它吸引着我们，就如同断层吸引着我们一样，但它同时也欺骗了我们，它没有道出它本应道出的言语，这让我们感到挫败不已，让我们转身离去。我相信独一无二的诗人策兰会被凝思，会被悲悯，但不太可能会被模仿。如果他是一条信息的话，那一定会被隐没在“背景的噪声”之中。这并不是一种沟通，也不是一种语言，至多是一种黑暗的、被斩首的语言，正如同我们所有人在面临死亡时，一个独自的赴死者的语言。但既然我们这种生物并不孤独，我们就不该以孤独的方式写作。只要我们活着，我们就有职责；我们要为自己写下的每一字每一句负责，我们都应该保证每一个词都意有所指。

此外，对自己的同胞用他听不懂的语言说话，大概是某些革命家的坏习惯，然而这完全算不上是一种革命的手段。反而，这是一种古老的镇压伎俩，所有的教会应该对此都了然于胸，这也是我们政治阶级典型的败坏，所有殖民帝国的基础。这也是某种展露某人阶级的微妙的方法：当克里司多福罗神父（曼佐尼的小说《约婚夫妇》中的人物）对不懂拉丁语的法西奥神父（Fra Fazio）用拉丁语大喊“圣洁者眼中万物圣洁”[1]的时候，后者“就好像是在谛听一种能孕育出什么神秘意义的语言，而它的发音如此刚毅……就如同其中必定包含了解决他一切疑惑的方法似的。他冷静了下来，说道：‘够了！你懂得比我多！’”

我们只能通过词汇上的隐晦来表达另一种我们内心深处孩童般的朦胧，这是不正确的，必须用无序来展示无序是不正确的，以书写下的混乱作为我们注定要经受的混乱的最佳标志，同样也是不正确的。只要我们活着，不论什么样的命运等待着我们，且不论我们如何选择命运，都毫无疑问的是：我们彼此之间的沟通越高效，那我们对彼此的作用就越大（也更令人舒适），我们被记住的可能性也就越大。不知道如何沟通，或是沟通低效的人，他们只以自己或是极少数人能够懂得的密语交谈。他们是不快乐的，还把这种不快乐传播给了别人。如果他是故意为之，那么他是个邪恶的人，或至少是个无礼的人，因为他把麻烦、痛苦或是无趣施加在了读者头上。

可以理解的是，为了让语言有效，清晰必不可少，但还不够。因为它可以清晰但无趣，清晰但无用，清晰但虚伪，清晰但低俗，不过这已经是另一个话题了。可要是它不清晰的话，那根本连一点儿信息都包含不了。动物的悲鸣只能被动物，被垂死、疯狂和绝望的人所接受，一个健康完整的人

1 原文为拉丁语 Omnia munda mundis。——译者注

要是这么写作的话，那他不是伪君子就是弱智，注定不会有任何读者。以人类的言语进行人类之间的言谈，要比用动物的悲鸣合适多了，而且我很难理解，为什么它就应该比不上悲鸣中所含有的诗意。

但是，我要重申一点，这都是我自己的偏好，并不是标准。凡写作者都有权利选择以最适合他自己的语言或是非语言写作，而且一切都是可能的。那些被作者自己看起来隐晦的作品，可能在读者看来明朗而开阔，而不被当代人所理解的作品，可能在几十年或是几个世纪后变得形象而生动。

孩童的国际

前一阵子，我碰巧在一个乌克兰村庄里看到一群孩子在玩跳房子。我不太能理解他们彼此之间在说些什么，也不懂他们怎么称呼这个游戏（在意大利它被叫作“铃声”“星期”或是“世界”）。不过从所有的表象来看，他们的游戏规则和我们的差不多。这游戏就是沿着地上画出的盒状流程图行进，剩下的就是一系列其他相互协商之后达成共识的规则了。比如说玩的时候要闭着眼睛，不能碰到地上的线；或者是可以睁着眼睛，但是只能用单脚跳着前进，同时还要捡起每一个小方块中的石头；或者是头上、手背上、脚背上都要放着一块石头；等等。谁只要一出现失误就要结束他那一轮，并让下一个人开始玩，在最短时间内完成全程的人即赢下这场游戏。

那个时候乌克兰和意大利的房子形状还是一样的，不过如今我们这里已经产生了细微的变化。要是再去乌克兰看看他们那边是不是有什么变化一定非常有趣，这非常有可能，因为孩童们的游戏总是被一种神秘的渠道统一起来。

一对英国夫妇致力于通过语言学的方式研究这种渠道，他们用严谨与想象力的珍贵组合丰盈了他们的研究，展现了大不列颠的文明。艾奥娜·奥佩（Iona Opie）和彼得·奥佩（Peter Opie）在 1959 年到 1969 年的这十年内，采访了超过一万名儿童。儿童只需要描述他们随便想出来的游戏的规则，大人不能牵扯在内，而且该游戏也不需要借助任何器材，连一个球或是一个球拍都不需要——“需要的只有玩的人而已”。

除了这些调查，他们还阅读了大量的文献资料，参考了许多其他国家的研究，也翻阅了从古至今的文学中的记录。其中有一本书让人充满了惊喜，这本《孩子们在街上和操场玩的游戏》（*Chidren's Games in Street and Playground*，牛津大学出版社，1969），完全应该出一本续集，来叙述其他需要球、弹珠或其他器材才能进行的游戏。

与其他好书一样，这本书在回答了某些问题的同时，又提出了无数更令人振奋的问题。其中描述的游戏，尽管是放眼于全欧洲，甚至还走出了欧洲大陆，却和我们每一个有孩子，曾有过孩子、与孩子有过接触或仅仅是对童年依旧保留着一些记忆的意大利人所见过的一样。虽然名字各有不同，但游戏规则出奇地相似，我们在那些游戏中看到的都是“抓敌人”“捉迷藏”“罪犯大本营”和“警察与小偷”的变种。而且这些游戏没有怪异之处，都是有理的：它模仿着捕猎与伏击中产生的情景与情绪，可能深深地扎根于我们这些群居、有着捕猎本能、充满争议的哺乳动物的遗传基因之中。即便是幼年的猫与狗，在整个族群经过了几千年的驯化之后，仍然在它们的玩耍中模仿着捕猎与冲突的仪式。

另一方面，为何在这些抽象的游戏或仪式之中显然缺乏功利主义的特点，这让人无法理解，而且不论是在哪个遥远的国家都是如此。比如说，其中最广为人知的就是那个不合理的四角游戏。为什么占据角落的四个玩家要由始至终地保持在那个位置上，这简直没有道理。这样的话，被选到这个位置的孩子们就会始终苦于这个让人不快的角色，因为一旦选上之后就要一直痛苦地站到最后。然而，几个世纪以来（从1600年开始就已经有了相关的记载），无论是在世界上的哪个角落，这个规则都一成不变，就好像失去了这么一个虔诚的仪式的话，这个游戏就岌岌可危似的。

同样，在这个妙趣横生但（对成年人来说）烦人的游戏之中也是如此，它在意大利被称为“女王，小女王”。选出的“小女王”站在一片田地的一端，在她（或他）二十米开外的地方排着其他的玩家。每一位都轮流询问女王，要走多少步才能到达“她的城堡”，女王则可以随心所欲地回答，不过要遵守最传统的规定，比如说步数可以是巨人的四步，狮子的六步或是蚂蚁的五步，甚至也可以是小虾的十步。而且，输了的玩家必须重新排到最后。

正如看到的那样，这个游戏极为不公平。这简直就是一个孩童版、节制版的帕萨特拉（传酒杯游戏）。通常只有那些得到女王帮助的孩子才能得到胜利，当后者到达城堡变成下一个女王的时候，又会帮助先前的那个女王获得胜利，然后以让人反感的黑手党的方式循环往复。对于玩家来说，这个游戏不需要创意、智慧与能力。除此之外，这个游戏风靡于许多国家，而且变种也有许多（同时也很奇特：根据奥佩夫妇的记载，在不列颠群岛上也存在着这种游戏，有毛虫步、香蕉皮步，甚至连洒水器都能迈步，该玩家需要把口水吐得尽可能远，然后停留在口水所在的位置）。

几乎在所有的抓人游戏里都会提供一个不被别人抓到的

避难所（名字各有不同，我们把它叫作“触碰”），在意大利它还有个家喻户晓的别名叫“高处”，而四十年前，它被叫作“门房的小屋”。在法国，它的名字叫作“猫栖所”（le chat perché），在英国则是“脱离地面的他”。巧合的是，“他”或“它”是我们意大利人用来称呼出局的玩家的。在这个规则下，只要攀上任何比地面高的物体，就能轻而易举地获得安全。“高处”的概念风靡全球。

在任何游戏开始前的仪式也同样是国际统一的。总体来说，这就是一个在众人中抽签，指派出一个或是几个作为“它”的玩家，要在这轮游戏中扮演比较不那么有趣的角色的过程，不过像抽最短的吸管这种公平的抽签形式一般是很少会被采用的。广泛被采纳的是这个公平但烦琐的方式（因为它每次只能从两个玩家中选出一个），这就是所谓的（起码在欧洲这么叫）中国猜拳。我想大家应该都知道它是什么，就是在大多数国家中以三种手势代替石头、剪刀和布，这三种手势循环地互相压制，所以输和赢的概率都是相同的。

顺便提一下，勤勉的奥佩夫妇没有记录下这种我在皮埃蒙特看到过的筛选方法。两位竞争者分别宣告自己选奇数还是偶数，然后，代替传统猜拳的是，其中的某一位在他左手手背上捏一下，预测出这样形成的皱纹是奇数还是偶数条的人就是赢家。

同样，奥佩夫妇也没有花费许多精力研究暂停游戏的口号，这在所有地方的对抗游戏中都代表着停战。他们只一笔带过，在不列颠群岛上的口号是“大麦”，却没有研究出这个奇特的词语的来源。在今天的意大利,就我所知,停战时要喊“死了!”，它的意思言简意赅，而“活了!”则是用来继续游戏的。五六十年前在皮埃蒙特（我不知道其他地方是否也是如此）喊的是“Marsa!”于此我要向对如此细微的人类学有兴趣的读者提出一个问题。“Marsa”在阿拉伯语里的意思是港口，所以玛莎拉（Marsala）、马特鲁港（Mersa Matruh）以及其他地名的意思或许是“庇护所、修道院”，那么，这句口号的源头是不是南方呢？要证明它的话，那么这一点至关重要：那些幼时曾在西西里岛上玩过捉迷藏的老人们，要尝试着回忆起在他们那个年代，那个村镇在暂停游戏的时候喊的是什么。我恳切地希望他们好好回忆一下。

除了这些易于理解且已被理解的，既更快捷又更公正的筛选方法，世界上最流行的选择方法就是“报数”了，而从此衍生开来的故事就很有趣了。我相信，所有人都会记得儿时所听过或用过的至少一到两首用来数数的儿歌，它们都是押韵的小曲儿，一般每句会包含四个重音。奥佩夫妇在此前别人的基础上，总共记录了全欧洲以及英语国家中两百余首的童谣。其中一些更为摩登的歌谣，已经被改编得更为合理，多多少少有其自身的意义了，然而更为古老的那些显然更受欢迎，它们基本都是胡说八道。不过，从中依然可以挖掘到一道连接世界的矿脉,里面的数字不能超过四或五。一般旋律、尾韵都是保持不变的，而其中的歌词可能因为各地语言的不同而得到相应的修改。

毫无疑问，这种选择的仪式也超越了功利主义的概念，所以这些词语的意义根本无关紧要（想想教廷决定要取消拉丁弥撒时所激起的那些抗议吧！），重要的是，于此，动作与歌词的重复像一种魔法，就好像受到了“女巫感召”似的。所以字词在这里缩减成了纯粹的声响，这也就解释了在调查它们起源时所遇到的困难。

不过，其中有一条矿脉已被厘清，尽管在这片矿区中所使用的“报数”传遍了之前的整个大英帝国，但它所使用的语言不是英语，而是威尔士语，而且非但不是今日已经销声匿迹的古威尔士语，反而是远古时期的威尔士牧人中通用的、只用来计算牛的头数的原始凯尔特语。当然，他们不用普通的数字,而使用这种方法计数是一种预防性的措施。这样的话，那些怀着恶意的人就无法得知牛的数量，也就无法从牧场中偷牛，或通过让牛患上疾病来拖走它了。这种计数方式的成功就是来源于它千百年以来所保持的秘密性。

一个与之类似，不过更接近于现代的故事也被一位意大利学者复述出来了。在马蒂西亚 · 马罗尼 · 伦布洛佐还很小的时候，她就学会了这首儿歌：“Inimini mani mo / chissania baisto / effiala retingo / inimini mani mo”。许多年之后，她发现了这其实是一首英语的数数歌（“一呀二呀三呀四 / 抓住黑鬼脚趾头 / 要是他叫就放他走 / 一呀二呀三呀四”[1]）。这首歌原本是一位英国女士教给一小群意大利孩子的童谣，之后它

1 原文为 Eeny meeny miny mo / catch a nigger by his toe / if he hollers let him go / eeny meeny miny mo，不难看出意大利语的那首童谣的音节与韵律基本来源于此。——译者注

迅速在本地扎根，而且现今很有可能依旧在孩子们之间流传，正是因为它在我们意大利人的耳中毫无意义，所以才特别引人回味。不过就算是在英语中，也貌似只有第二和第三句才有意义，剩下的也不过是咒语罢了。

总而言之，与其说奇特的计数方法在任何地方都通用，倒不如说任何地方的计数方式都或多或少是相同的。单单总结出这些数字是肤浅的，更概括地说，所有自发的游戏都是国际通行的，因为“全世界的孩子都相同”。不过他们为什么相同呢？全世界的孩子玩的内容都相同，是因为生物学的遗传因素为他们（或我们）预设好了先天的需要吗？或者他们的游戏只是表面看起来未经计划，实际上却是模仿了（以象征或是滑稽戏的方式）我们成人的“游戏”吗？不过这一点一定是事实：政治壁垒封锁住了口头文化，而基本属于非口头的游戏文明却满载着只属于清风与白云的欢乐的自由，随心所欲地穿行其间。

重返学校

在六十岁的那一年，我终于克服了害羞与懒惰，在一家我知之甚少却非常严肃地教授语言的机构注册了课程。我纯粹是出于知识分子的好奇才想把这门语言掌握得更好些。我已经在困难的处境下，以耳朵学习到了它的一部分，而且因为工作的原因我也使用了它好多年。不过那时我只在乎它的实用性，只要求听懂别人说话，并以让别人听懂我说话作为目的，它的特点、语法和句式则一概抛诸脑后。

进教室上第一堂课的时候让我大受刺激，我简直像是来自外星，是个火星人，这不是我的地盘。我们一共大概有二十个学生，只有三个是男性。有两位女性从面相上看，超过了三十岁，剩下的学生不论男女都只是二十出头儿的学生。老师也同样是个年轻人，受过良好教育，聪明而让人喜爱，非常善于帮学生克服害羞与保留，教学上也相当有一套，而且对影响学习的阻碍了解得一清二楚。

他以一场坦率诚恳的演讲作为课程的开场白。学习外语可能有许多不同的动机，因此也应该相对地以不同的方法来开展教学。严格来讲，教学可以是个性化的，可以根据每个学生的意愿、能力以及先前的知识储备来运用不同的教法。不过这是不可能实现的，所以就要做出妥协。有些人希望（抑或是必须）学习一种语言，只为了能够阅读，或是将其作为文献来参阅，有些人想要能像个游客那样交流，有些人想要开展生意或是书写商业信函，还有人想要能够和同事交流技术上的问题，不过其中的大多数动机都能以一根分割线分为被动学习（接受但不输出）与主动学习（在接受的同时输出）。好吧，不要抱什么幻想，你们之中天赋较不错的，才能基本上完全被动地理解口头或是书面上的语言。在你的年纪里（参考大部分人的年纪而定）就能够自如地书写或谈话而不犯错误的，一定是天才。除非有人至少在国外暂居了半年，充分融入当地社会，且不能听到任何一个意大利语的单词，才可能办到。

在第一课上我就已经意识到了，在二十岁、四十岁和六十时学习的差距是多么残忍。我以为我的听力尚属可以，确实如此，不过仅限于意大利语。在聆听属于自己语言的对话时，即便是错过了一个音节或是一个词，你还是可以毫无困难地下意识把它重新插回句中，或者迅速地用排除法猜出它的意思。然而当在听外语的时候，错过一个音节就像是错过了一班公交车：当你还在扑腾着尝试重构起句子完整性的时候，对话却已经继续下去了。你的理解轻易就会被一声弹在墙上的回音或是街上驶过的电车干扰，然而你年轻的同学们似乎丝毫没有显示出任何的不适。其他的困扰来自你的视力。我要是在此抱怨自己的情况的话，可能有些不太公平，因为平时它并不特别影响我，除了在博物馆里看作品时我需要不断地调整焦距，一会儿要离得很近，一会儿很远。现在这也同样发生在学校里了，每时每刻我都不得不敏捷地调整焦距，眼睛要一刻不停地的从笔记本上跳到黑板上，再跃到老师的脸上。要是带了有支架的双目镜的话，事情还没那么糟糕；要是不幸没有带的话，那你的手就要不断地在扶眼镜与摘眼镜之间疲劳地翻飞了。

此外还有更艰巨的困难，因为它更为深刻。我们都知道学习的过程大致分为三个明显的阶段：将知识存入记忆，把它维持住，并在需要使用的时候回忆起它。后两者其实能留存很久，因为一旦概念被刻入脑海，它就永久地保留在那里了，回忆起来并不困难。实际上，随着时间的消逝，人也在不断掌握新的技巧，那些停留在舌尖上却说不出的词语与概念也越来越少了。然而，要把一件事刻入记忆也更加困难了。你必须要“学习如何学习”，单单把概念储入记忆，让它积蓄在那儿是不够的。它不会于此停留，或者说，它不会长期驻留在那儿。它在进入之后立刻就会解体、挥发，最终只留下让人烦躁的模糊痕迹。你必须学习如何强制地干预它，就好像用锤子将楔子打入壁龛之中一样。这是做得到的，但需要时间与努力。你必须有策略地记笔记，在几周或几个月内反复翻读，遍数越多越好。另外你会发现，忘记错误的理论，将它从记忆中擦除也难得非常荒谬。这一切都像是理想中的蜡，甚至比其更为坚硬：雕刻上去难，擦除下来也难。那些轻易地用外行的方式所习得的错误的词汇与语法，之后要使用技巧与耐心，花费许多的精力才能够将其消除。

另一方面，年龄给我带来的不只有不利。根据我一路以来学习到的许多经验，我很容易就能分辨出净重与毛重。换句话说，我能够分清楚什么应该被吸收并谨慎地储存起来，而什么是可以浏览一遍就放在一边的。这样我就有了更多的时间，更加沉着，也更不容易分心了。每个人都拥有一副能够包容信息的有机躯体（你甚至都不用知道），新的信息就如同一把锁配一把钥匙那样自动地插入它的槽孔内。有些老问题需要等待十年或二十年才能得到回答，而那些你渴望、盼望得到的答案通常都能镌刻得更牢固。

总体来说，人的目标是会改变的。哪怕是在最幸运的情况下，就算在义务教育（这期间的学习动机基本上是非常有限的）结束之后，学生的动力依旧是间接的。他并不是为学习而学习，而是为了获得能够让他继续学业的一纸文凭，或是为了让谋生成为可能。他极少能够完全明白学习与职业素养之间的关联，因为，很不幸的是，这种关联通常是不存在的。不过就算是他理性地意识到了长期学习之于他是有益的，他自身真正的兴趣也许依旧很薄弱。相反，一个年长的人在做出接受一门课的决定时，拥有极度的选择自由，没有严苛的课程安排和强制的出勤率，没有对于考试与监督的恐惧，甚至不会遭受不公的评判。他能够感受到自由意志的照耀，这可是上述所有的弊端与学校冰凉的板凳都无法阻挡的。

这是一种学习，是自我提升与成长，这同样也是一种表演，戏剧化而奢侈。表演就是以有板有眼地锻炼自己为目标，是很典型的儿童行为，不过在表演重返学校的过程中，你可以重温童年那细致的、被遗忘的滋味。和同学们的竞争，不论是否胜出，都能够与年轻和平等联系在一起，因为如此公平公开的竞争感，是在别处所不能实现的。年代之间的围栏倒塌了，你必须把老年人的无趣摒弃，向坐在你旁边的年轻人那优渥的精神财富致敬，因为他们对你丝毫不怀讥讽、怜悯或是敌意，还成了你的朋友。更重要的是，若是将一件没有即时目标的乐事当作赠予自己的礼物，这简直是一种付出甚少但回报颇丰的奢侈，就几乎好比什么都不做却收到了一件稀有而美丽绝伦的珍品。

前化学家

一个人与他职业之间的联系，就如把他与他的祖国所绑定起来的牵绊一样，十分复杂，通常是矛盾重重，却又总能够在牵绊解除后被彻底地理解。脱离某个国家可以是以流亡或移民的方式；远离某个职业、某个行当则是以退休的方式。我在好几年前就已退出了化学这个行当，不过时至今日，我方才感觉到自己是彻底地与它分离开了。于是，我才能完整地看清它的全貌，理解到它对我的渗透是如此深入，而我又是如此亏欠它。

我不想重提它曾在我奥斯维辛的监狱生涯中拯救了我的性命，也不想提这三十年来它为我提供的优渥的生活条件，以及为我带来的退休金。而是想要谈谈我自认为从中所获得的其他裨益，以及它与我现在所选择的新行当——写作——之间林林总总的关联。我要在此处立刻加以限定：写作不能算是一个真正的行当，或至少在我看来它不应该被如此看待。它是个创造性的行为，抗拒日程表与截稿期限，也拒绝向消费者与上司承诺。不过，写作也是种“产出”的方法，十足是一种改造的过程，是作者把自身经验改造成一种能让“消费者”，即读者，接受并满意的过程。因此，这些经验（广泛来说是生活经验）就是原材料，缺乏原材料的作者是在做无用功，尽管他认为自己是在写作，但实际上那些页面都是空白一片。现在，我往昔的化身所目睹、所经历、所做过的事情，都成了为今日身为作家的我在叙事时提供宝贵原材料的源泉，而且不单单是叙事，也同样在评判这件事（必须不偏不倚，沉着冷静，要是立场偏颇的话就会遭到无情的批判）优劣的时候提供了基本的情感基调。判断是非诚然痛苦，却是有益的，不这么做的话人就无法成长，无法担起责任。我相信我的每一个化学家同行都能够证实这一点：人在失败中所学到的东西要比在成功中学到的多得多。比如，提出一个解释性假说，相信它，确信它，检验它（啊，要如何抗拒用拇指轻轻拂去一小部分药剂来伪造数据的诱惑啊！），最终发现它是伪命题的过程。这种循环往复在化学这个行当中就如同“在纯态下”般稀松平常，不过这也可以轻易地类推到其他的人类活动里。只有诚实地经历过它的人才能够成熟地发表看法。

化学家还赋予了作家其他的天赋与优点。解析一件事物，想要知悉它的结构与组成的全貌，并预测它的特性与行为的习惯养成了一种洞察力，这是种追求具体与简洁的精神习惯，也是种不把目光仅仅局限于事物表层的不灭热情。化学是分离、称重与鉴别的艺术，而这三种有益的品质也同样能够在描述事件，或是在为自身想象赋予形体的时候辅佐你。而且，作家还能够运用古往今来的化学之中所包含的隐喻，从未频繁光顾过实验室与工厂的人只能对这笔丰富的遗产略知一二。外行人同样知道过滤、结晶和蒸馏的含义，然而他们只不过是通过二手资料了解它的，不可能懂得“注入其中的热情”。他不知道那些姿势所包含的情感，无法感受到那些象征投下的阴影。同样，通过类比的形式，激进的化学家又可以搬出他所拥有的那些不为人所知的财富：“像……那样黑”、“和……

一样苦”、有黏性、有韧性的、比重大的、恶臭的、流质的、易挥发的、惰性的、可燃的——这都是化学家所熟知的特性，他能够为其中的任意一个选择出极为突出、极为典型的代表。我，一个前化学家，要是现在重返实验室的话，一定过于陈腐，且匮乏专业知识。而我几乎要为自己从它的库存中谋获的好处感到羞耻：我在面对我全新的、没有像我一样拥有着如此激进优势的作家同行时，竟然对这种“非法”的利益感到沾沾自喜。

综上所述，当读者在对我虽是个化学家，却选择了走上作家这条路表达出惊诧的时候，我觉得我有资格这么回答：我之所以写作，正因为我是个化学家；我的旧行当与我的新行当水乳交融。

石上的印记

“我的灵魂依附于您的步道”（ADHAESIT PAVIMENTO ANIMA MEA），《旧约 · 诗篇》第一百一十九篇中如是说，但丁也在《神曲 · 炼狱篇》中引用过，不过，这句话的诠释方法有好多种。尽管灵魂依附于步道的原因繁多且时间颇为短暂，这种接触也并非完全一无是处，可以说，这类似于一种探寻。人行步道本身是高度文明化后的公共设施。然而对如今的罗马人来说，他们并没有人行步道，他们的空间完全被紧贴着墙壁所停放的各种车辆霸占，步行移动时必须战战兢兢地穿过这个迷宫。众所周知，古罗马人则截然不同，他们在庞贝古城的土地上整整齐齐地建起了人行步道。同样广为人知的还有，在曼佐尼的小说《约婚夫妇》中，克里司多福罗神父是因为没有人行步道，或者说是因为人行步道过于泥泞狭窄而经历了那场令人不快的遭遇，才成为一名教士，更名改姓，开始了不同的命运。

我故乡的人行步道（毫无疑问，任何其他城市也是）充满惊喜。最近，这些人行步道是用沥青铺的。令人费解的是，为何我们在狭小的道路上行得越远，走在有机化合物所铺就的路上的感觉就越糟糕。可能用不了多久，城市里的沥青路就会像待分离的壁画一样被小心翼翼地重新挖掘出来，接着被收集、分类、氢化、复馏，其中可能稍微金贵些的部分都会被分离出来。又或者选择更不铺张浪费的做法，沥青步道会被其他新材料所制成的步道层层覆盖。未来的考古学家们会在里面发现可口可乐的瓶盖和啤酒罐剥落下来的商标，就如同琥珀中包裹的上新世昆虫，说不定，据此可以制图分析出当时我们的膳食偏好，吃的什么，吃了多少。这类似于现在我们眼中有趣又神圣的贝冢，这些小山丘分别由古代软体贝类、鱼类以及海鸥的遗骸组成，考古学家是在丹麦的海岸线上将它们发掘出来的。大约七千年前，贫穷渔村周围的垃圾堆慢慢堆积而成的这些小山丘，如今已经是有名的化石了。

老式的典型人行步道由手工耐心凿刻成型的厚石板铺制而成，从侵蚀程度上就可以粗略地看出它的历史：时代越早的厚石板越光滑，被世世代代的行人的脚步磨得锃亮，外表呈现出被冰川严重磨蚀过的阿尔卑斯山岩石那般温暖的铜绿色。有些石板中的片岩石，横断面呈脉状分布着远比它自己的脉石还要坚硬的石英，磨损后石英的部分外凸，有时稍稍会硌到脚掌娇嫩的行人。不过有些石板磨损较少，甚至没有被磨损的痕迹，人们可以看出原石的硬度如何，不同的凿痕也清晰可辨。这种石板在离墙壁一掌之宽的地方比较容易看到，特别是卡里尼亚诺宫前的人行步道：通往大门的直线段步道磨损状态正常，但是在巴洛克式的门面障壁的深处，那里的厚石板几乎毫无磨损，因为三个多世纪的时间内，几乎没有人走到那里。

大理石作为一种不耐磨材料，损耗情况更使人担忧：不少老店的门槛是大理石制的，常常仅过了几十年就会出现裂痕与凹槽。一些山上的小教堂或者礼拜堂的门槛磨损特别明显，因为世世代代的虔诚信徒大多穿着钉头靴。不仅是门槛磨损，在室内离开门槛约五十厘米左右，常会出现第二个凹陷，这是信徒们必经的第二个落脚点。

仔细留意的话，在许多马车门前的厚石板上也可以发现典型的切口。由一对门栏柱中间开始向外延伸的两条直线或曲线状的岔开的沟壑，平行于墙壁，间距约十二厘米，中间则是整条路那么长的其他车辙。这两条沟壑是用来给当时的驮马增加抓地力的，货车爬上斜坡时，驮马的后腿所承受的压力最大，如果石板太滑的话就会翻车。带有沟壑的石板路中最古老的那些，也默默诉说着铁掌和马蹄随着时间的经过而造成的侵蚀。

这座城市各个角落的石板路上，都印刻着“二战”时期空袭的痕迹。当时被炸弹炸开的石板已经被替换，但是被燃烧弹穿入过的石板还保留着原貌。燃烧弹是被战斗机盲目投放下的钢铁角柱，其中一些本应该垂直坠落的燃烧弹却由于屋顶、阁楼和天花板的阻碍被弹向了人行步道，像钻孔刀一样扎进十厘米厚的石板里。如果有人不嫌麻烦，想抬起这些穿孔的石板的话，石板下是有可能发现炸弹的。比如翁贝托大道 9 号的前方，就有两个间隔仅几米的窟窿，看到它们，你就能回忆起战争时期流传的一则可怕的流言：当时来不及躲进避难区域的行人，被燃烧弹活活地从头贯穿到脚。

其他步道上的印记就没有这么血腥了，发生的时间也更近。除了人流往来频繁的地区，几乎到处都能在石板上看到小圆点，直径大约几厘米，颜色发白、发灰或者发黑。它们其实是被随口吐在地上的口香糖，这也充分证明了制作口香糖的原料具有出色的机械性质。实际上，如果不人为除掉这些小圆点的话（除掉它们并不简单，费时费力，更不要提过程令人作呕，一部分在清除自家门前人行步道上的小圆点时，遇上麻烦的店主们对此再清楚不过了），它们将永远安若磐石，只不过它们的颜色会随着表面吸附的尘土和砂砾变得更深，但永远不会消失。

这其实是我们经常会遇到的技术问题之中一个典型的例子：为了提高某种材料的耐用性和坚固性所做出的努力，在材料完成其使命后，有时反而导致了消除该材料时的艰巨困难。比如，拆卸“二战”时期的水泥防御工事，就需要花费巨大的力气，因为破坏这些当时生产时，使用寿命预估有几个世纪以上的玻璃和水泥材料几乎毫无可能。再如，寿命更长的工业用防护清漆催生了比之更为强力的清漆溶解剂。同样的，为了使口香糖耐嚼不烂，需要抵御住咀嚼时的压力、热量、湿度和酶类，于是才催生了这种能在踩踏、雨淋、冰霜和烈日下安如磐石的材料。

就是于这些无用之处才表现得出色的口香糖，被开发出了新用途，多多少少也带着毒性，这同样又是一种恶性循环。可以这么说，没有一种以和平为目的而被人类创造出来的产物，能够逃脱最终害人的命运——不论是剪刀、榔头、镰刀，还是干草叉、登山锄，甚至在雷马克（Remarque）的《西线无战事》（*All Quiet on the Western Front*）中，短柄的挖壕工具都被用作武器。口香糖还没有被用作武器，只不过在青年抵制运动最剧烈的几个月中，被用来阻碍公共交通票务机器正常运转。

如我所说，到处都能发现被吐掉的口香糖。不过有专项调查显示，在人流密集的酒吧或咖啡馆的周围地区，其密度达到了最高。的确，嚼着口香糖前往酒吧或者咖啡馆的人，不得不在附近先清空自己的嘴巴。所以呢，不熟悉这个城市的外乡人就能够跟随着越来越多、越来越厚的口香糖的印记找到这些地方，就如同鲨鱼沿着越来越重的血迹，一路追捕着它的猎物。

与之比肩的，还有种更常见也更微不足道的图景：当你看到，灵魂如同口香糖一般依附在人行步道上的时候，那只是因为倦怠、懒惰或是疲倦。

抗拒痛苦

许多，甚至是所有青少年，都会陡然被一种苦楚的疑问击中：“我所有对世界的了解均来自感官，但是如果它如同梦境一样是在欺骗我的话会如何？如果通过抽象意象和我双眼见证的星辰、天空以及过去，还有我所感受到的现在，我爱的人和我恨的人，我经受的痛苦都只不过是我自己无意中创造出来的果实，此世事实上只有我存在会如何？如果我是无限虚无的中心，居住在我召唤出的无数幻影中又会如何？那我阖上双眼，捂上耳朵，宇宙就不复存在。”

这种广为人知的设想对于逻辑思辨的抗渗性很强。它只与自己发生联系而不引发对立，哲学家也为之辩护（既然每个人都假设自己是一颗无限的苹果之中独居的小虫，那他还要尝试着去说服谁呢？），甚至还赋予了它一个出色的名字：唯我主义。创造出它的人迟早会因为实际情况将它扬弃（或遗忘），因为这一定会在他与他身边的人之中产生最具杀伤力的影响，会让人因为堕入惯性而拒绝去感受我们浸淫于其中的现实。并且，人们很快就会发现，他们虽然可以坚持这个假设，但它是全然不可能的。举个例子，我的躯体缘何与每天填满了我的“梦境”的那些个体永远是相同的，这难道只是偶然吗？同样，地球是宇宙恒定的中心这个假设也不矛盾，只不过同样不可能罢了。

当读到道德高尚的神学家 E. 基亚瓦奇（E. Chiavacci）捍卫动物的文章的时候，这些发自内心的思索浮现在我的脑海中。我对他的结论激赏不已，但是有些论据让我感到疑惑。某些测量痛苦的方法被施于动物身上之所以能被接受，据说只是因为“所有动物都要为人类服务”。对，这些生物是“上帝赐给人类的礼物”。那么昴宿星团呢？猎户座星云呢？这也是一百五十亿年前，在人类还没有出生之前就赐给人类的礼物吗？何况它们还将一直存在，直到我们这个物种最后的记忆都湮灭为止。

动物也应当被尊重，因为“上帝认为所有生物都是好的”，所以要“给它们食物，保护它们”。你怎么能忽视蜘蛛残酷而有耐心的伏击，忽视来自某些蜂类精美的手术（连活检都无法与之匹敌！）：它把毛虫麻醉后，将一枚卵产在它们的身体里，然后在其他地方死去，让幼虫慢慢地蚕食它还活着的宿主？如此你还能坚称，上帝“为（所有动物）准备了休息的地方”？我们又该如何评价宛若谋杀机器的猫科动物，还有那些背信弃义、刚破壳而出就谋杀了它的义兄弟的布谷鸟？当然了，这些生物都不“邪恶”，但我们都必须得承认，这种道德分类——善与恶——并不适合这些“亚人”。从第一个细胞之中诞生的声势浩大而充满血腥的竞争，至今还在我们身边展开，低于我们行为的标准，或根本与之毫无关联。

动物一定已经被尊重了，理由却不尽相同。不是因为它们是“好的”，也不是因为它们对我们有用（并非所有的动物都能派上用场），而是因为一条我们默认于心的法则，而且所有宗教与法条都已经告诫我们不可制造痛苦，不止在我们彼此之间，也同样适用于能够感受到痛苦的生物。“一切皆奥妙／除了我们的痛苦”，此处我要再度引用莱奥帕尔迪的话。外行能够确定的东西并不多，但首要的就是这一条：痛苦（或施加痛苦）只有在为了避免更大的痛苦时才能够被接受。

这条规则很容易，其结果却很复杂，而且每个人都一清二楚。如何将自己的痛苦与别人做比较？唯我主义只是一种稚气的幻想："他者"确实是存在的，而且其中还有动物，它们是我们的旅伴。我不相信一只乌鸦或一只蚱蜢的生命能有一个人的生命那么有价值，我同样也质疑昆虫是否可以像我们一样感受到痛苦，但是鸟类极有可能可以，哺乳动物就不用提了。对于每一个人来说，尽可能地缩减这种污染了每一个生命的物质——所有形式的痛苦——的体积，都是一个艰巨的任务。然而这条命令无论始自多么迥隔霄壤的前提，都能最终抵达同一个目的地，这虽然奇怪，却也十分美妙。

『卡斯特罗六号』上的三十小时

1980年4月在“卡斯特罗六号”（“海狸六号”）上的三十小时，对像我这样的“陆鬼”来说是一件宝贵的礼物。对我来说，利古里亚的海就是度假时的海，就能够变形为出现在柯勒律治（Coleridge）、康拉德（Conrad）、凡尔纳（Verne）以及梅尔维尔（Melville）笔下的海。特别是对后两位的记忆，在我如此短暂的逗留期间不断地在我心中闪回，更确切地说，是《海底两万里》（*Twenty Thousand Leagues Under the Sea*）中内莫船长（Captain Nemo）载着阿罗纳克斯先生（Monsieur Aronnax）航行的“海螺”号内的机巧，还有切萨雷·帕韦泽（Cesare Pavese）的一句话（它在我的脑海中盘桓了超过三十年）。这位《白鲸》（*Moby Dick*）的译者，在该书的前言中写道：“……梅尔维尔……要比梵蒂冈的图书馆以及路边的书摊更加了解生命，而且他知道，最棒的诗篇是由那些目不识丁的水手在前甲板上谱写的。”

这两处引用，或者我应该将其称为文学修饰，同所有其他被引用的语句一样价值不菲。不过“卡斯特罗六号”上的水手们绝非文盲，相反，他们都是海事工程师，在梅尔维尔和凡尔纳的时代还不存在这种人。不过，后者以某种机械师般神秘的先知本能臆测并预言出了五十年乃至一百年之后被运用在战争中的直升机、电视机、被科研人员射向月球的导弹（而且正是在卡纳维拉尔角被发射的！），以及看似能用的潜艇。

希望皮耶特罗 · 康斯坦佐船长（Captain Pietro Costanzo）原谅我，因为我把他和厌世、满怀仇恨、恶魔般邪恶的内莫船长相提并论。虽然“卡斯特罗六号”无论如何也不能算作潜艇，不过和“海螺”号一样，它也是奇迹聚集的宝地。类似于潜艇（机械上把它认定为是“半潜式舰艇”）和古往今来的捕鲸船，它也是一种“非船”，并不把航行作为首要目的，不过这同样也意味着，它有着更为明确的其他功用。它的部件堪称奇迹，因为它们以无比精良的品质达成了一个准确而非凡的目的：深深地沉入海底，从突尼斯一直推进到西西里的海域。它所使用的钢筋十分呆板，根本不像是被混凝土包裹起来，却仿佛是一根根操作起来十分轻便灵活的橡胶管。

生产技术的历史向我们展示了，当它在面临新问题的时候，科学化的教育与精准是必需的，但还远远不够。还需要其他两种品质：经验与创造发明的想象力。不过在当今的开发天然气的行当中，经验并没有延展千百年那么久，压缩天然气不过区区数十年的历史，或者可能更短。这可比人的一生短得多了，以至于父亲也没有什么可以教给儿子的本领。这可不能指望缓慢的、达尔文式的自然演变了——人们用了超过五个世纪才铸造出火器，制造出汽车也同样花了一个世纪之久。诚然，经验是从尝试与失败中获取的，不过现在已经没有时间去犯错，再加以改正了，想象力应该所向披靡地以极端而迅速的突变，飞跃式地快速推进技术。不过有益的经验不论多古老，都不应当被摒弃，比如我们的身体都继承了单细胞生物的遗传机制与蛋白质结构，汽车也沿用了马车的设计。因而，我们也能够在“卡斯特罗六号”上发现能够追溯到我们文明起源时的有趣而杰出的创意：建在高跷上的房子，还有双体船的两个船壳。这也与哲学家所提出的伟大观点与难题（事物是否可以无限分割；宇宙是有限还是无限的，是永恒还是须臾的；我们是否拥有自由意志）一样，都是值得去深思的。伟大的技术发明也在慢慢演变,但不会消亡。杠杆、车轮和屋顶经历了千年的沧桑;没有被弃而不用的金属，其全新的用武之地反而不断地被发掘出来；而且你根本意识不到合成材料的过时：即便是它们之中最古老的酚醛树脂和聚苯乙烯，至今仍占有着一席之地。

当你踏上“卡斯特罗六号”的甲板时，也会发出同样的感叹。这就是班组人员在这艘世上独一无二的舰艇上工作的门面。应该说是班组“们”，因为一共有三组轮班工作的人员，每组有一百五十人，其中两组在甲板上工作（为期二十八天，包括周末与节假日，每天工作十二小时，休息十二小时），还有一组在陆地上进行十四天的休假。这是一个综合性的班组，包括了焊工、技工、电工、电子学专家、起重机司机、工程师、抛光师、机械师和劳工，还没算上服务人员和导航人员。不过，水手与工人之间，高层管理者与工程师之间的区分（“端口”）并不明确,因为“卡斯特罗六号”是以一种奇特的方式航行的。

传统意义上的船都是朝着一个纵向的方向快速航行的，只有在极偶然的条件下才会倒退。但“卡斯特罗六号”只在从一个地方驶向另一个地方的时候才会向前航行，然而对于它而言，向前或是向后其实并没有什么实际意义，因为它并没有一个真正的、像样的船艏。那个有管道沉入水中，并能够通过操作管道铺设来后退的末端，因为方便使用而被称为船艏。它能够往任何方向行进，因为在船身底下的四个角落里固定着四个可以移动的螺旋桨。按照规定，这艘船行进的速度不能超过每小时六到七海里，对它而言，作为一个复杂的可漂浮的车间，稳定与良好的定位要比速度重要得多。换而言之，它必须能够在同一片海域下保持不动，也就是说，那些管道只能在几英尺的范围内移动。它不能够随着波浪的运动而摆动，也不可以响应风与潮水的召唤；要是它要通过陈设管道进行移动，也必须在规定的速度下行驶。为了达到这个应达的标准，船中引入了一套精细的自动化系统，能够控制每一根管道的“启动”。它还被安装在了十二只锚上的十二架辘轳上（每一只巨锚都重达二十到二十五吨），四组引擎上也不例外，这样，管子沉入水中这一无法避免的位移就不用分别克服上述元件的规范与阻碍所带来的巨大压力了。“启动”，指的就是管子向前推进的那一刻，大约每十分钟它会重复（如果严格按照计划而定的话）一次，这景观让人毕生难忘：在直接指挥操作的电脑的控制下，巨大的辘轳开始同时升起，船尾的缆绳缓缓被拉起，又在船艏处被松开，于是重达四万吨的“卡斯特罗六号”就笨拙地向西西里的海岸移动了正好十二米，即一段管子的长度。然而在移动的过程中船体非常平稳，在甲板上的人丝毫感觉不到一点儿突如其来的颠簸。能够看到的只有管子向前滑行的过程，给人一种船虽然在不断移动却依旧是保持静止的印象。这是伽利略相对性论（Galilean relativity）的具象例证，又让我想起了但丁笔下的加里森达塔，当有云被风吹过它的背后，它就好像要倒塌下来似的。

自动化是一种年轻的技艺，自然要由年轻人来负责，不过那些资历比较老的人总是更加金贵。不只是传统行当，导航与服务行业也同样是如此。他们的经验是在经年的历程间积累起来的，也在许多不同的工种内得到了验证，甚至在处理工作中的突发事件中体现出了他们的价值。要能够在如此复杂的系统中，在如此不同寻常的工作环境下预料到一切，包括不可预测的意外，根本是种太天真的想法。我曾听到过两件逸事，这两起始料未及的事件都证明了我先前的看法，在迅速解决出现的新问题的时候，经验与创造发明的想象力依旧是如此珍贵，不过，当然是“以甲板上的方式”。

“卡斯特罗六号”上的工作都基于焊接，它实质上就是一个长度近一百五十米的焊接工坊。沿着管子逐渐推进的是八个接续的焊接站，移动管段也属于工作的一部分，它是部分自动，部分手动的，是为了要与极为复杂的焊接技术相称。在工作开始前及焊接结束后都要进行一次 X 线检测。如果焊接处没有问题的话，那么管子才会开始行进移动，要是它出现问题，就会立即被处理掉。X 线照射仪被安置在一辆有轮子的小车里，它会在管子的内部移动；更确切地说，它是被安置在船内一个固定的地方，而包着它的管子会慢慢从它身边经过。它被系在一根电缆上，因为它细长的形状而被叫作“小猪”。在工作的进程中，小猪会因为一些如今想来依然非常神秘的原因而突然消失，接着电缆突然松了，小车就顺着管子一路倾斜，而这台非常贵重的仪器就随之下降了三百米。这造成的损失非常大：除了要立即中断工作之外（我被告知，“卡斯特罗六号”上每一分钟的施工都需要二十八万里拉！），小猪也几乎要把管子阻塞了，一定要不惜一切代价赶紧把它取出来。

在召开了技工的首脑会议后，他们制订出了许多方案，其中最奇特的一幕要数给突尼斯打去的电话。他们把一个橡胶或是其他有弹性的材料制作的球塞到管子里，然后在后面为之打气，就好像是用气动管发信那样压缩空气。然后这个球就会到达位于地中海底部的小猪那儿，接着发出巨大的响声。当班组的一位成员前往观察的时候，他们的讨论还在继续。那位成员以前是一名渔夫，在他看来，小猪一定可以被钓出来。他的建议看起来很难实施，但是简便而快捷，只需要花几千里拉。他被带到了工坊里，在那里做了一把巨大的吊钩，并为它附上了重物。他把钩子和重物一起放入管口，在几分钟耐心的等待后，这位专家尝试着勾起小猪，并把它拽了出来。

第二件逸事则是独眼巨人那个重量级的。前面也提到过了，“卡斯特罗六号”的定位与前进依靠的是一套复杂的定锚系统。十二只巨人般的锚在船的周围以一个圆的形状固定好，而且船也是随着锚一同“走动”的。当它移动时，缆绳提起，它就会偏向西西里方向的那些锚，而随着缆绳的放下，它又会朝着突尼斯的那个方向偏移。时间、角度和锚复位的距离都是由甲板上的电脑计算好的，而实施则是靠着“卡斯特罗

六号”周围和后方的殷勤侍应般的拖船。系泊的巨索（钢制的，直径有三英尺）有两千七百米长。总的算起来，“卡斯特罗六号”和那些每一只都用浮标标记好的锚、拖船，还有那些来来回回穿梭于陆地与船之间，为它提供管子、燃料以及其他物资的补给船，总共占据了好几平方千米的海域。

在一夜肆虐的暴风雨之后，一个刚刚提到过的浮标消失不见了，这样等到相应的锚要移动的时候，就不可能准确地定位它的位置了。很明显这个浮标受到了一定程度的损伤，虽然它是不会沉没的，但是它的浮力被降低了，将它固定在锚上的缆绳的重量把它压入了水底的一个未知点，它的位置与距离海平面的深度一概不清楚。这同样也是一个钓鱼问题，只不过是盲钓——在水底停泊好的锚重达二十五吨，再加上至少有十吨的链条。这个问题连一个盲人都可以解决，因为纯粹靠摸索。一只巨大的钩子从其中一艘拖船上被放入海中，它从“卡斯特罗六号”滑到了锚的缆绳下方，能见范围有几米。然后拖船开始移动，穿过一片可怖的海区，让钩子沿着缆绳移动，但拴着钩子的那根绳子要牢牢地固定住。钩子以一个角度进入水中，接着缆绳长约两千米的链状线进入连接缆绳与锚的链路之间，于是这条链路就连接好了，拖船强有力的辘轳就会把锚和链条一同高高地提起，这样损坏了的浮标就能再度浮出水面。

这就是帕韦泽在说到梅尔维尔时所影射的“诗歌”。不过我不是在前甲板上（我不认为在“卡斯特罗六号”上还有这等场所）听到它的，而是在一杯上好的红酒前；不是出自目不识丁的水兵，而是康斯坦佐船长和他的船员们，不论年龄年轻与否，是出自带我第一次走入他们工作的世界时的自动化工程师们，是为机械上的每一根螺丝而骄傲的技工们，还有在这项非同凡响的大事业中再次发掘出古老的美德并将其投入工作中的船员们。我希望他们不要惊讶，也不要震惊于我在他们的叙事之中发现了太多诗意。事实上，在他们节制、博雅、精确而不加修辞的言语里，我辨认出了一种源自另一位航海家与叙事者在漫长的探险旅途中所发出声音的回响，在今天，那是永恒的诗篇。那个花了十年时间跋涉一片片奇异海洋的航海家，他主要的美德不只是过人的勇气，还有他充裕的耐心，以及丰富多彩的创造力。

隐藏的棋手

我本不想玩任何游戏的，我可以传唤可靠的证人。我拥有这台文字处理器已经一整年了，它几乎变成了我身体的一部分，就好像鞋子、眼镜或是假牙那样。我绝对需要它来写作和归档，但我又不希望被它所占据，所以我不想把轻佻的程序带回我的房间。电脑是用来工作的，这样就够了。出于某种不可预见的（也可能是预料内的）意外，我收到了一个国际象棋游戏程序作为礼物，它对我产生了诱惑。

我要澄清一点：对于象棋手来说，下象棋绝对不是一件轻佻的事，或者更普遍一点儿来说，对于所有严肃热情地献身于这种游戏的人来说，它都不是，然而对我来说却是如此。我的棋艺很糟糕，因为我缺乏下棋基本的品质，比如专注的能力、逻辑思考能力、特定的口诀与技巧，还有不服输的韧性。不过无论如何，我还是在以一种轻佻而鲁莽的方式下棋，之间间隔的时间也很长，且不规律，也没有花心思学习经典的开局与收官。我只有在棋逢对手时（这则更加罕见了）才会下棋，这个敌手多多少少要和我一样，在用同样空幻且欢宴般的灵魂下棋，而且水平不能和我差得太多。不然，他若是太强，则会像压死一只蚂蚁一样碾压我；若是太弱，我的胜利就又太干巴巴了，就好像给一个婴儿喂糖。这是我唯一愿意接受的对弈，我也会对此保证不作弊。而其他的情况都让我感到无趣，因为输棋让我懊恼，而赢棋又无法让我感到任何欢乐。我是从遥远的王朝中继承下这一点的。老旧的家族棋盘中朦朦胧胧地贮藏着我们的宝藏，这也许是父亲给儿子传承下来的唯一的物质上的东西了。我不知道我多少代的祖先都教过他儿子下棋的规则，并在最初的几年内一直击败他，最后默许了他儿子的胜利。我不是要说我们的棋力在一代代增长，而是下象棋的才能会在二十岁左右达到巅峰，随着年龄会慢慢缩减——这是个哀伤却又自然的事实。

如今，电子棋手冲垮了这个传统圈子。向这些编写出这个程序的出色大脑的团体致以应尽的敬意后，这个比较就在所难免了：谁才是更合意的对手，是人还是机器？答案呼之欲出，却很渺茫，十分虚无缥缈：比较在只有两者可以类比的时候才能进行，而这两者则不是。不过无论如何让我们尝试一下。

每一天中的每一个时刻，机器都永远伫立在那里，你不需要邀请它，或是去拜访它。它始终任你处置，不会疲倦也不会紧张，同样也不会使你紧张（而人类棋手，尤其是特别出色的那些，就会充满恶意地这么做）。你还能选择不同的等级，根据你自己的水准来选择对手。不过你要为之付出相应的代价，至少在我的程序里，你的对家越强，它让你等待的时间就越久。现在，坐在一个人类玩家面前等待五分钟是可以忍耐的，当他专注于棋盘的时候你可以观察他的表情，尝试着猜测他的意图，或至少估量一下他的心理状态。然而机器是密闭的，在你等它的时候，它也在“思考”，但它对于下一步所有可能性的预测都极飞速地出现在屏幕上的棋盘上，简直就是一团非法的数据，一步假设引发的结果接着下一步假设，实在太过于迅速（一秒内约有五到十次），肉眼无法捕捉到它。它的五分钟实在太长了。

我也说过，你可以选择一个玩得好、不怎么好或是糟糕的对手，但是不论哪种情况下，它都是在以一种非人类的方式下棋。人类总有灵光乍现的一刻（而且不止是在棋盘上！），他能够超越自我，并将其转化为绝妙的几手棋，而且这种棋在棋谱上通常都会带着一两个感叹号。不过人类也会有分心的时刻（相反，在棋谱上则画着问号），尤其频繁地发生在棋局，或是棋手生涯的终盘。而机器是一成不变的，它不会下出让人惊叹的好棋，但从不分心，也从不会老去。

这并不意味着它就不会犯错，它会，而且犯下的都是同样的错。比如我意识到，它有种急躁的狂热，如果它能够吃掉你的一个子，哪怕是自己的半边棋子都要遭遇尽数毁灭的命运，也要全面攻过来把你的这个子夺走。这显然是这个程序中的纰漏，一旦你甄别出了这个纰漏，就可以利用它赢得游戏，但同时你下棋的乐趣也一并消失了。

它还为你提供了一系列激动人心的服务菜单，也就是附件。你可以储存对局，如果这盘棋尤为出色的话，你可以一再地重玩并重温当时的情绪。你也可以随时中断对局，随时继续。如果你举棋不定的话，还可以求助于机器，它会以最忠实、最有义气的方式答复你。如果你（或者我），不会开局的话（那些不负其名的棋手对此了然于胸），你可以让机器从数据库中取消它，以此来平衡你与对手之间的差距。屏幕上对每一步棋都有记分，从各种复杂的维度来测定当下的情况。如果它是正分的话，那是在提示你，你的情势不妙；若是超过五百分你就可以退出游戏了；要是超过一千，你马上就要大难临头啦。负分相应地表示你在棋子或是棋盘上占领了优势。当然了，如果这个评论框让你感到不愉快，你也可以将其关闭。你甚至还可以让机器和自己对弈：这个角度的对局充满了幻觉，因为在寂静中于你眼前展开的这场比赛，从来都不是相同的。创造出这个程序的人，以诙谐的才能为它引入了一个不确定的范围，一点点“自由意志”，所以在同样的处境下，机器才会选择不同的应对。

所以，这个隐藏的电子棋手（它所有的人工智能都能够被保存在一个仅重几克的磁盘里）是个伟大的诱惑者，它一直在那等待着你，总是准备充分，焕然一新，礼貌而无情。它召唤，呼喊着你，让你从工作与阅读中分心，但它不是人类。你可以钦佩它的专业，就如同钦佩会跳舞的利比扎马，或是马戏团中的海豹一样。当你在看到它面对着纷繁复杂的场面时，你甚至可以无理地对它怀揣着一种好奇的怜悯——因为它到底只是一张磁盘，但一个有血有肉的对手在性质上就是不同的。

它是你的亲兄弟，尽管你可能在几小时前刚刚遇见它。你看得到它的脸，你能感受到自己在与它对抗，你知道它和你一样都有能力创造愉快的妙招和异乎寻常的臭棋。在棋局结束后，就如同在生命的终点时，你可以与它讨论由竞赛而产生的共感，能够对你和它的失误做出评价，评断它并让它评断你。它从你这儿学到（“伤心地学到”）了东西，反之亦然。然而机器什么都知道，它不用学习任何东西。不过，你还是能从它那里学到东西，即便只有耐心和注意力，还有（为什么不呢？）游戏收官的理论。

仪式与笑声

有些人写作是为了让人大吃一惊。确实，曾有那么一个时代，在读者中激起千层浪成为了写作这个行当的首要目的。但是那本我偶尔读到的、最让我震惊的书一定不是出于这个原因而写的。那是一本有关宗教的书，更精细地划分的话，是有关仪式的书。我自己并不信教，但我也不会以批评的角度来评价这本书，因为我尊重有信仰的人，有时候我还很羡慕他们。它的奇异之处让我不禁思考，他们让我重新回到了一种需要构思的生活之中。他们的世界离我们很遥远，但如果我们想要了解自己的话，就必须要去理解它，要是用讥讽去清算它的话，那就太过愚蠢了。

这本书叫作“铺好的桌子”（*Shulkhàn Arùkh / The Set Table*），是由一位16世纪的西班牙拉比用希伯来语写的，不过我读的是它的译本。尽管它篇幅宏伟，但它概述了许多先前的作品，而且在内容上囊括了规条、风俗以及那个时代的犹太教信条。它由四个章节组成，分别涉及日常训诫、安息日和节日；食物、金钱、贞洁和葬仪；婚礼；拉比式的民事和刑事法条。作者约瑟夫·卡洛（Joseph Caro）是个塞法迪犹太人，不懂得东方犹太人的规条与风俗，所以这些文字是后来被著名的摩西·以瑟利斯（Moses Isserles）拉比修订过的。以瑟利斯来自克拉科夫，曾对此写过一本评注并为之取了个有趣的名字叫“桌布”（*The Tablecloth*），他在其中填补了许多空白，让这本书也同样适合阿什肯纳兹犹太人。

众所周知，犹太人是禁止直呼上帝的“真”名的。实际上，它会被印在书上，但读出来的时候，一定要以同义词代替。规条中允许用除了希伯来语之外的语言来称呼上帝（不过我认识一个德裔犹太人，出于极深的敬仰，又害怕犯下罪过，在他的来信里，他会把“Gott”[1]写成“Gtt”；同样，一些路巴维奇拉比的意大利信徒，也会把“Dio”[2]写成“D-o”），不过，《铺好的桌子》和《桌布》的作者尤其担心公共场合洗浴时所发生的事情，因为赤裸的人类身体会把周围的环境变得尤其污浊，所以在洗澡的时候最好不要呼唤上帝的名字，“连德语和波兰语都不可以”。这一定是以瑟利斯的训诂，因为在1500年，公共浴室绝对还没有在西班牙流行起来。出于同样的理由，在结束一封信的时候也不能写“adios，addio，adieu”[3]，否则这封信一定会被亵渎，或是被丢弃在垃圾堆里。

裸露的概念很丰富，不过主要都和女性有关：展示任何一部分本应该遮蔽住的身体都算作裸露，所以头发也算。简而言之，裸露就是所有能够吸引男性注意力，使他们从念想上帝中分心的事物，所以“一个女子歌唱的声音”也被认为是裸露。

我们也在那些不惜任何代价都要禁止在安息日工作的法条之中，窥见了极端分子“立起篱笆”的倾向。时下农人与工匠生活最基本的任务被不拘的想象放大了。压榨葡萄是被

1 Gott，德语中的“上帝”。——译者注

2 Dio，意大利语中的“上帝”。——译者注

3 这三个词分别是西班牙语、意大利语以及法语中的“再见”。——译者注

禁止的，所以一切形式的“挤压”都不行。比如，你不能挤压水果，但如果里面包含的液体要被扔掉的话，那你可以去挤压它，你也同样能够按压沙拉。禁止捕猎——那么跳蚤呢？你能够抓住并把它扔得远远的，但一定不能杀死它。捕猎也包括追逐、设陷阱，所以在关上盒子或是行李箱的时候，一定要确定里面没有苍蝇或是飞蛾，因为如果你把它们关在里面的话，那也算是捕猎，尽管你不情愿，也没有意识到，但你破坏了安息日的规矩。

要是在安息日，你发现你的葡萄酒桶在漏酒，你该如何说服自己？你不能自己把洞口堵上，因为那被视作卑贱的工作，你也不能明确地让仆人或是同样神圣的伙伴来帮助你，因为驱使别人工作也是被禁止的。你更加不可以委托别人，让他第二天再来取他的报酬，因为这算是合约，而安息日里也不可签订合约。

所以，如果损失实在太大，建议的解决方案是，你或许可以装腔作势地说一句：“要是有人能够去把它修好的话，一定不会失敬于上帝。”

在这休整与娱乐的一天中，书写与抹除也是被禁止的，这也许是为了纪念那个用雕刻石书写的年代。这种禁止是诸多诡辩的源头。你不能描字母，也不能在起雾的玻璃窗格上涂鸦，看书的时候，你得小心不要用指甲划到书的封面，不过，吃雕着词语或是装点着字母的蛋糕是被允许的。扫地也是一种磨蚀，所以在夸张的语境扩展之下，它也被归入了不可行的范围之内，因为这之中包含了抹除。不过你可以用一种“非常的"手法,比如,用鹅毛来代替扫帚。生火与灭火也被禁止了。当然，如果人已经受到生命威胁了，在安息日灭火还是能够被接受的，不过“如果衣服着了火的话，你只可把水泼在还没有烧起来的部分，而不可直接浇在火上”。

偶像崇拜必定是浪荡的。你甚至不可看偶像的脸，更别说去接近它们了，你必须至少离它们四个手肘那么远。如果在走近偶像的时候，你踩上了一根荆棘，那你绝对不可弯腰把它除掉，因为这姿势会被视作在向其致敬。不过就算没有人在那儿，你也不可弯腰，因为那会被视作你在向自己致敬，即便只是在你的记忆里。你必须把自己移开，或是坐下，或至少把你的背朝向偶像。

说到禁止同食肉与奶，为之所提出的假想与解决方案让人想起对象棋手们的研究与课题：同样都是设想出优雅而不可能的情形，在微细之处尤为抽象，却价值非凡。如果两个虔诚的犹太人在同一张桌子上进食，其中一人吃肉，另外一人吃的是乳制品的话，他们必须在桌布上画一条线，隔出两个区域，或至少要划分一条边界。而且他们不可用同一只玻璃杯喝牛奶，因为食物的残渣会掉落进去。若是非要两者同食的话，则必须准备一杯“杏仁奶”，里面必须有完整的杏仁，这样才能证明它并非真正的牛奶。

我们应如何评价这种迷魂阵呢？另一个时代的产物？浪费时间的创造力？宗教感在长篇大论的清规戒律中降解了？这张铺好的桌子会被丢弃、被遗忘还是被维护？要是可以的话，我们又该如何维护它？我不相信有人能够全盘否定这本书，否定这种在很多情况下都会被我们用来表达事不关己的仪式。仪式，每一种仪式，都是由历史与先史冷凝而成的：它是一枚结构精致而复杂的核心，是要去揭开的玄奥，一旦它被揭开了，就能有助于揭开离我们更为接近的玄奥。毕竟，冥灵（被神化的死者灵魂）也同样是其中之一。

除此之外我感受到的是，这张桌子不论在哪个年代都魅力十足，是精准的魅力，也是智者无私的游戏：把头发平分成四份不是懒人的营生，而是对精神力的训练。在这些奇特的文字背后，我感受到了古风式讨论的大胆，对矛盾无所畏惧的学者式柔韧，我诚心将之视为我生命中不可或缺的一部分。生命也是秩序胜过混乱的规条，但规条总有罅隙，有漏网之鱼，有滥用与透支，也有紊乱。困难是为消除它的人而准备的，其中或许蕴藏着我们未来的珍宝。因为宇宙的机器是微妙的，为其制定的法条也同样微妙，而且每年发现的亚原子粒子所遵循的规则，都揭示着它越来越微妙的本质。爱因斯坦的名言常常被引用："上主微妙，却不邪恶。"所以微妙指的是，与他相似，信奉他的人们。有人指出，在物理学家与模控学家中有很多来自东欧的犹太人，所以他们微妙的心灵[1]来自塔木德精神的传承吗？

但我首先在这张桌子的包浆之下，听到了让我雀跃的笑声：这和在听到把所有法条都勇敢地搞得天翻地覆的犹太笑话时的笑声是相同的，这也是我们"现代"读者的笑声。写

1　原文为法语 esprit de finesse。——译者注

下捏死一只跳蚤是在捕猎，在安息日打开一本边缘有字迹的书很有可能是不被允许的人（因为这么做抹去了文字的印记），自己本该笑得和我们在读到它时一样欢乐。就算他关注的是如何分辨允许与不允许，而我们关注的是公司预算、钢筋混凝土或是字母数字组成的代码，我们之间也没有什么两样。

对恐惧的需要

几乎所有人都害怕蠼螋——我指的是那些有着扁平而细长的身体，腹腔后部有一根小刺，看起来像是在恐吓人的棕色昆虫。它们躲在树皮之间，有时候在被阳光温暖的布料里筑窝，也会藏在雨伞与折叠椅的皱褶中。它们人畜无害，那根刺没有毒，而且根本不扎人（那是它们用来交配的器官），但是错误的观念被一代又一代传了下去，渐渐根深蒂固："要是你不小心的话，它就会钻到你的耳朵里去。"这句话扎根在我们这代人的心中如此之深，以至于在这个小小的动物身上都用上了二元命名法，它的学名叫作"Forficula auricularia"，但是英国人和德国人已经等不及用科学的方法给它命名了，好几个世纪以来，他们都分别把它叫作"earwig"和"Ohrwurm"，意为耳中的昆虫或是蠕虫。除了刺，蠼螋还有另外一种引发我们讶异惊恐的特质：和所有的夜行动物一样，要是它暴露在光线之下，尽管前一刻它还是静止的，下一刻就会立即飞走，而它们所受到的惊吓也就反映在了我们身上。

所有女人和大部分的男人都害怕蝙蝠。这同样也是一种本土化、无根据的恐惧："它们钻入你的头发，你却无法摆脱它们，因为它们有着钩状的爪子。"无独有偶，蝙蝠也是夜行动物，飞行习惯极不规则，永远都在陡然地转弯。现在，这些没有武装、无害的本土蝙蝠害怕的是人，它们从不会飞近人类，也不让人类靠近它们。不过我们对"恶人，那些在夜里浪荡的恶人"（堂·阿蓬迪奥语）的种族厌恶，就算面对实验佐证的匮乏，也没有丝毫地减退过。恶魔最广为人知的形象——那对翅膀——就是来自蝙蝠，而妖精与天使的翅膀却分别来自蝴蝶与天鹅。我们对蝙蝠的仇怨，也许是因为它与恶名昭著的吸血鬼的远亲关系而变得如此强烈。但是，真正的吸血鬼，不是喀尔巴阡山脉流传的黑色传说中的那些，是基本无害的，它一次所吸取的血液（而且它极少侵袭人类），还不到我们愉快而安全地在献血中心所贡献的血量的二十分之一，少得几乎都觉察不到。

所有女人和大部分的男人也都畏惧老鼠和田鼠。它们同样也是鬼鬼祟祟的夜行动物。你还记得奥威尔那本骇人的《1984》中的主人公温斯顿吗？他不失尊严地承受住了许多残暴的折磨，但在拷问他的人威胁要把一只田鼠放到他脸上的时候，他屈服了，背叛了他的女人（“去搞茱莉亚！不要搞我！……去把她撕得只剩骨头！”）没有人在重读之后还会有丝毫的疑问：奥威尔为他的角色所塑造的强迫式的恐惧就属于他自己，这是与一种无论在战争或是和平年间，作者身上都表现出的与令人钦佩的勇气完美相称的恐惧症。对于温斯顿，还有奥威尔来说，“世界上最可怕的东西恰好是田鼠”。时下流行的神话对这类恐惧症诊断出的荒谬而奇异的理由家喻户晓（深度剖析这两者）：鼠类喜欢钻洞，要是可以，它们一定会把肠子和女性的阴部掘穿。

我不相信，为了诠释这些返祖的恐惧，我们就得求助于心理分析。事件发生之后，就算是外行人也能把其中所有的精神现象和它的对立物娓娓道来，然而从前瞻性来看，它可以说是毫无可取之处。这里没有什么原型或是先天问题，在我看来，只要用一把很简单的钥匙就能打开这把锁：在所有文明中，危险、真实、假象或是夸大的事物都是父亲（或是更为常见的母亲）传授给孩子的，许多恐惧在数代人的传承下逐渐成形。有些人对此免疫并不能代表什么，每个人的性格倾向与胆量都不一样。不过，这种传承绝对也发生在牛群中：母牛在看到它的后代靠近并啃食有毒的嚏根草时，都会晃动着角推开它的孩子。不过正因为牛的“文明”没有存在过，所有只有禁忌和规矩才是通过经验流传下来的，而非来自知识分子式的解构。

聚集着传统恐惧（不只针对动物，当我还小的时候，我忘了哪个婆婆禁止我去碰毛茛，“因为它会让你的指甲掉光”）的广袤大陆的边界，是对蛇的恐惧。或许，它还越过边界了，因为实际上，在意大利，有些蛇也是致命的。毒蛇的物种只有三四类，但它们的数量似乎在增加，一来是因为人类放弃在山上种田；二来是因为它们的天敌，掠食性鸟类遭到了愚蠢的灭绝式捕猎。不过，哪怕这些如此剧毒的蛇类被认定为拥有友好而温和的天性（尽管一些极端的生态学家极力反对），它们依旧有着不可忽视的危险，尤其是对孩子而言。但是千年以来，在这个以腹部在地上游动的、沉默而致命的怪物的周围，产生了一道情绪化强烈的光环，以及数不胜数的传说。

作为血肉之躯的蛇与其他动物一样，不能作为道德的载体：它没有好坏，它吞食他者，也会被他者吞食。它的生态栖位很丰富，它的结构如此（明显地）简洁而不同，是漫长而非线性进化的产物。实际上，它与鲸类一样，曾经也有着四条腿，不过，最后它“意识”到自己并不需要它们，所以已经萌芽的四肢就被保留在骨架里了。它对身体中巧妙而特殊的器具享有专利：它的“热能眼睛”能感受到红外线，换而言之，那双眼能够捕捉到动物和哺乳动物散发出的热量，直到最近人类才能够模仿（与蛇的目的也是一致的，为了在夜晚定位目标）。它下颚的关节能够自由脱落，这样能够允许它把硕大的猎物吞入腹中，而且有毒的种类还附着一对立马就能生效的注射器。

文学中的蛇道德败坏，就在《创世纪》的前几页，它立即以最狡诈的动物的形象出现了。它正是原罪的煽动者。它邪恶，受到诅咒，它的爬行就是受神罚的象征。在古代，人类的直立行走几乎成了一种神授生物的象征：他能够触碰天空，他是地球与星辰之间的连字符。四足动物相对位于中游，它们是水平的，它们的目光与地面平行，但没有依附于大地，它们能跑能跳。但蛇黏附在大地上，它就是大地，它吞吃大地［《创世纪》（4 ： 14）］，[1] 就如同一条放大的蠕虫，而蠕虫就是腐烂的子女。

蛇是一流的怪物，不含有丝毫人性。有趣的是，意大利语中的“biscia”（草蛇）恰好是拉丁语和意大利语“bestia”（怪物）的变体。无足动物比起蚂蚁、蟋蟀或是蜘蛛这些有脚的（然而脚可能也太多了，关节也太多了），与我们更有距离感。但

1 原文如此。——译者注

丁也把半夜里无声地潜入人们房屋的蛇认作盗贼，而在马勒勃尔介的第七圈里，盗贼和毒蛇永远互换着形态。在拉封丹（La Fontaine）的两百三十七则寓言中，狼出现了十五次，狮子十七次，狐狸十九次，无不充分地人格化，被授予人类的美德与瑕疵，然而蛇只出现了三次，角色模棱两可，难以捉摸。

就我所知，文学中蛇唯一的“正面”形象是吉卜林笔下的蟒蛇卡阿（Kaa）。卡阿，智慧、谨慎、又聋又瞎，是条与丛林同寿的平头蟒蛇，但它每次换上美丽的新皮的时候就重获一次青春。是毛克利（Mowgli）的朋友，不过他们隔着遥远的距离。它聪明、冷血而不可捉摸，你可以从小蛙[1]处学到很多，但你在卡阿处懂得了警醒。

我个人则和蛇没有什么渊源。有一次，我正站在一个小村庄里的广场上，怀里抱着我的小儿子，面前有一群鸡在夺食，其中有一只喙上衔着一根鞋带。它时不时地就要把它甩到地上，然后再吝啬地把它叼起来，就好像那群鸡当中会有谁要来夺走它似的。突然我意识到，那根鞋带还在动——那是条蛇，状况看上去非常糟糕，身上都是啄痕。我感觉，我体内“圣经般”的憎恶在那一刻苏醒了：它是条蛇，所以就是有毒的，就该被杀死。我把孩子扔到路过的第一个路人的怀里，就在那一当下的惊诧之间冲向了那只鸡，它同样也发了狂，一副义愤填膺的样子。在一场短暂的枪术大战后，我成功地抓住了这个已被问罪的牺牲者，纯粹是下意识地踩了上去，以一个父

1 小蛙是毛克利的昵称，是吉卜林《丛林奇谈》中的主人公。——译者注

亲也以一个公民的身份尽到了我的职责。今天，我不会再这么做了，或至少会稍稍思考一下，毒蛇即使在健康的状况下，行动也没有通俗动物学中所声称的那么灵敏，所以也并没有那么危险。

也许我们是需要这些虚假的恐惧的：对老鼠、毛茛和蜘蛛的恐惧半是当真，半是在演戏与玩耍。那是我们踏上传统之路的方式，是为了证明这个让我们茁壮的文明是我们的先祖。或许，这也同样帮助我们淡化了其他更为临近、更为浩大的恐惧所带来的阴影。

致一位年轻读者

亲爱的先生：

我希望您能够原谅我在公开的场合下回复了您的信，不过我略去了您的名字和任何会泄漏您身份的细节。但是，为了帮助所有与您有着相同或类似处境的人，还有像您这样已经给我写信的人，我必须至少透露出这一点：您，二十七岁，住在一个小镇上，没有费很大力气拿到了传统的中学文凭，而现在很难找到一份能提供给您一些闲钱、一份保障以及些许满足的工作。

您想要写作，更确切地说，您想要写故事，而且您确实也在写作，但希望从我这儿获得一些建议与指导：如何写作。您不必为我塑造形象，也不必为您自己塑造形象。不论是否与写作相关，这种根本上的两难从一开始就把我置于一个很窘迫的位置上了。事实上，从您写给我的信中，我估计您一定把写故事当成一个行当了，然而在我看来它并不是。

在如今的意大利，所有的行当都有所保障，但写作的人没有。结果是，纯粹写故事的人，能够靠着自己的创作谋生的人少之又少，加起来可能也不过几十个。其他人都是在闲暇的时间里写作，把剩下的时间用于宣传、新闻、出版、电影、教书或是其他与写作毫无关系的事业中。所以我要给您的第一条建议是，一定要，我再次重申，保留住您的工作。

如果您流着作家的血液，那您无论如何总会找到写作的时间，它总会有的。还有，您的日常工作确实可能很无趣，但它自身也为您傍晚与周日的写作提供了许多珍贵的原材料：您能够以人类的互动，或是以无趣本身开始创作。无趣本身可能确实没什么意思，但是对无趣的论述可能是一道给读者的、活力十足而激动人心的习题。像您这样在学校里精读过经典的人一定已经了解这种感受了。

但您跳过了路上的分岔口，希望我能够给您提出一些实际而具体的建议，您想了解这个行当的秘诀，噢，是“非行当”。它们确实存在，我不能否认，但幸运的是，它们没有普适性。我这里用了“幸运”这个词，是因为要是普适性存在的话，那么所有的作家都会用同一种方法写作，这可会产生遮天蔽地的无趣，就如同莱奥帕尔迪千方百计尝试着渲染的空虚，也仿佛绊住最不羁的读者的自动开关后所导致的超负荷。所以，我只能告诉您我自己的秘诀，这可是冒着亲手创造出一个“没有经过我的引荐”，却会在市面上追逐着我的竞争者的风险啊！

第一个秘诀是给作品在抽屉中休憩的时间，我相信这是有着普遍意义的。在初稿和终稿之间必须间隔一段时间。出于某些我自己都不知道的原因，作家的眼睛在一段时间内会对最近的文稿不是特别敏感。所以说，等到墨水干透是必须的。此前很多东西都躲避着你：文字的重复，逻辑空白，用词不当，光栅，还有走调的音符。

在这段时间里，你可以找一个豚鼠般的出色读者作为代理人，最好有常识，有品位，且不能太过放纵，可以是配偶或是朋友。但不可以是另一个作家，一个作家不能成为典型的读者，他有着特定的偏好和异乎寻常的癖疾，他蔑视劣作，嫉妒佳作。不过就在此时此刻，我正在违反这条戒律，因为我一写完这封信就会给您寄去了，所以您可以立刻验证它的真实性了。

在作品成熟的阶段，在它吸收了红酒、香水与枸杞的精华后，就到了滗析与提纯的时刻了。此时，作者才会意识到他犯了过剩的罪过，他的文字累赘、重复而冗长，至少，我再次声明，我自己就经常这样。不容置喙地，在重读我的初稿时，我把自己当作一个昏钝的读者，敦促他重述出脑中碰撞的概念。在缩减了内容之后，作品轻灵多了，这才稍稍达到了我意识中的目标：在涵盖最丰富的信息的同时，把其中的乱波减到最少。

记住，您可以通过不同的方式使信息最大化，其中有些还颇为微妙。第一，最基础的方法就是选择近义词，它们的词义基本上绝对不会雷同。永远都会有一个比其他词"更加正确"的词，但通常都要通过上下文来判断，你可以选用托马塞奥（Tommaseo）的传统方式，也可以查找津加雷利（Zingarelli）词典中的新词，或是使用被传统主义分子愚蠢地禁用的蛮语，甚至，在其他语言的词汇中搜寻。如果不能在意大利语中找到它，为什么不将它变形一下呢？

在这种考证中，我觉得最需要注意的是时刻关注每个词语最原本的意思。比如说，假设您记住了"脱缚"的意思是脱离束缚（桎梏），那您就可以用更加适当的方式来运用这个词，而不会落入俗套。不是所有的读者都会注意到技巧，不过他们至少能意识到，这个选择不是粗砺的，您为他们付出了艰辛，您没有选择阻力最小的那段线路。

在精神分析学派创立九十年之后，我把潜意识泼洒到稿纸上的尝试有成功也有失败，但我对清晰与合理有着苛刻的要求，我相信大多数读者也是这么想的。清晰的文本不是必要的，它能够以不同的层次被解读，但是在我看来，最低的限度就是要能够被广大的公众所接受。不要害怕去堵上您本我的嘴巴，这没有什么危险，这个“楼下的房客”在任何情况下都会找出它登场的机会，因为写作就是让自己赤裸，即便是再斯文的作家都会裸露自己。如果您不愿意袒露自己的话，那就请您安于自己现在的工作吧。哦，我忘了告诉您，要去写作，您必须先有东西可写。

致以最诚挚的祝福，您的

普里莫·莱维

图书在版编目（CIP）数据

他人的行当 /（意）普里莫·莱维著；徐迟译. --
北京：中信出版社，2017.10
ISBN 978-7-5086-7360-8

Ⅰ. ①他… Ⅱ. ①普… ②徐… Ⅲ. ①散文集－意大利－现代 Ⅳ. ① I546.65

中国版本图书馆 CIP 数据核字（2017）第 052003 号

L'ALTRUI MESTIERE (OTHER PELPLE'S TRADE)
by Primo Levi

Published by China CITIC Press

他人的行当

著　　者：[意] 普里莫·莱维
译　　者：徐迟
出版发行：中信出版集团股份有限公司
（北京市朝阳区惠新东街甲 4 号富盛大厦 2 座　邮编　100029）
承 印 者：山东临沂新华印刷物流集团有限责任公司

开　　本：850mm×1092mm　1/32　　印　　张：11　　字　　数：178 千字
版　　次：2017 年 10 月第 1 版　　印　　次：2017 年 10 月第 1 次印刷
广告经营许可证号：京朝工商广字第 8087 号
书　　号：ISBN 978-7-5086-7360-8
定　　价：55.00 元

服务热线：400-600-8099
投稿邮箱：author@citicpub.com